门

［日］夏目漱石 著

陈德文 译

广西师范大学出版社

·桂林·

一

　　宗助从刚才起就把坐垫拿到廊缘边来，舒舒服服地坐在太阳地里。不一会儿，他扔下手里的杂志，一下子躺倒了。这是个好天气，秋日的太阳和煦地照射着。行人来来往往，宁静的大街上可以听见响亮的木屐声。他枕着胳膊，顺着屋檐向上望。晴朗的天空，一碧如洗。那空间和自己躺着的狭窄的廊缘相比，显得浩渺无垠。在这个难得的星期天里，即使像这样悠闲地仰望一下高空，心情也大不一样。他蹙起眉头，看了看那明晃晃的太阳，感到有些目眩，于是又一骨碌打了个滚儿，把脸转向格子门。妻在格子门里做针线活儿。

　　"喂，今儿是个好天哪。"他开了口。

　　"嗯。"妻只是应了一声。宗助也不想再说什么，就此沉默了。

　　"不去散散步吗？"过一会儿，妻子发话了。宗助也只是含含糊糊地"嗯"了一下，权作回答。

过了两三分钟，妻把脸贴在门玻璃上，看了看躺在廊缘上的丈夫。她看到丈夫曲着两膝蜷成一团，像只大虾米，不知在想什么。宗助两手紧紧抱着头，乌黑的脑袋露在外面，脸却夹在两只胳子中间，一点也看不见。

"你睡在那个地方，要伤风的呀。"妻提醒他。

妻子说话时而像东京口音，时而又不像东京口音，带有现代女学生共同具有的语调。

"没睡着，不要紧的。"宗助眨巴眨巴夹在两只胳膊中间的大眼睛，轻声回答。

此后又恢复了平静。外面走过的胶轮人力车的铃声响过两三次之后，远处便传来了报时的鸡啼。阳光透过那件崭新的机织棉布衫，照在他的脊背上。他一边贪婪地享受着大自然赋予的融融暖意，一边若无其事地听着外面的动静。忽然，他想起了什么，隔着格子门招呼妻子。

"阿米，'近来'的'近'字怎么写的?"

妻既没有显出特别惊奇的样子，也没有像一般的年轻女子那样发出吃吃的笑声。

"不就是'近江'[1]的'近'字吗?"

"'近江'的'近'字我也不会写。"

妻把关得严严实实的格子门拉开一半，向门外伸出一把长尺，用尺子尖在廊缘上写给丈夫看。

"就是这样的。"写完，尺子尖依然停在原地，她仰头望着

---

1 古代国名，今日本滋贺县。

澄澈的天空出神。

"果然这么写。"宗助也不瞧妻子一眼。看来他不像是开玩笑，所以没有发笑。

"天气真好啊！"妻再也不记挂什么"近"不"近"的了，她自言自语地说着，就那样敞着门又开始做起针线活儿来。

"字这种东西真够怪的。"宗助稍稍抬起被胳膊夹住的头，看看妻子的脸说。

"为什么？"

"你问为什么？不管多么容易的字，有时一下子就想不起来了，你说怪不怪？前些日子，我被'今日'的'今'伤透了脑筋。我把它写在纸上，端详了老半天，总觉得不对劲儿，越瞧越不像'今'字。你可有过这种事儿？"

"没有的事。"

"只是我才有吗？"宗助用手拍了拍脑袋。

"你好像有些反常。"

"也许就是神经衰弱造成的吧？"

"可不嘛。"妻望着丈夫的脸说。

这时，宗助站起身来，飞也似的跨过针线箱和线头儿，打开茶室的隔扇。这里面就是客厅，南面一带被大门阻塞起来。宗助刚从太阳地里闯进来，对面的格子门映在眼里，有些寒森森的。拉开格子门，紧贴屋檐的是倾斜的山崖，从廊缘脚下高高耸起。早晨，这里不太容易见到太阳的影子。山崖上长着青草，整个坡面没有铺一块石板，说不定什么时候会突然坍塌下来。然而奇怪的是，听说从来都没有发生过这种危险。所以房东听之任之，一直没有过问。有一位"万事通"老头子，在这条街住了二十多年，他曾经在厨房门口特地讲起这件事。据说从前这里是一片竹林，后来开山时毁掉了。但竹根仍然埋在山坡里，把泥土凝结得很紧，才不至于塌落下来。当时宗助反问过他，要是竹根还留在土里，为什么没有长出新的竹林呢？老头子回答说竹林一旦遭到砍伐，就不大容易长起来了。可山崖却不要紧，不管发生什么事，都不会崩塌的……老头似乎在为自己辩护，说到这里，他颇有自信地回去了。

入秋以后，山崖上没有什么别致的景色。青草渐渐失去了清香，乱蓬蓬地缠绕在一起。红蓼花和常春藤之类风流一时的植物，再也看不见了。代之而来的是过去残留下来的斑竹[1]，中间两棵，上面三棵，挺然而立。竹皮有些发黄，阳光映在枝干上。从屋内探出头来看到这番情景，会感到土坡上正萦聚着和暖的秋意。平时，宗助一大早出门，下午四点以后才回家，他很少有机会在这阳光普照的时刻，眺望一下山崖上的风景。他从昏黑的厕所里出来，趁着用水勺洗手的当儿，猛然抬头望望屋檐外面，这才记起有关竹子的事情。生长在竹梢上的稀零零的叶子，看上去像和尚头。竹叶经秋天的阳光一晒，沉寂地耷拉下来，许多竹叶静静地贴在一起，纹丝不动。

宗助关上格子门，回到客厅，坐在桌子前面。说它是客厅，是因为也在这里待客，实际上叫起居室或书斋更妥当一些。北边是壁龛，里面居然装着一幅奇异的立轴，前头摆着一个粗劣的红褐色花盆。拉窗上面没有悬挂匾额什么的，只露出两个光闪闪的黄铜挂钩。另外，室内还有一个镶着玻璃的书

---

1 原文作"孟宗竹"，系原产于我国江南的大型竹子，竹皮上有紫褐色斑纹。

橱，然而里头并没有放什么比较豪华的像样的东西。

宗助拉开带有金属拉手的抽斗，胡乱翻了一通，什么也没有找到，又"哐啷"一声关上了。接着，他打开砚台盖子，开始写信。写好之后封起来，又想了想。

"喂，佐伯家住在中六道街门牌多少号来着？"他冲着隔扇问妻子。

"不是二十五号吗？"妻回答。宗助刚写好地址，她又说道："写信中什么用，要亲自跑一趟好好讲讲才行呀。"

"好吧，先发一封信试试，实在不行我再去。"宗助打定了主意。他看妻子没有再说什么，又叮问了一句，"哎，你说这样成吗？"

妻子看来不好不同意，她不再开口。宗助拿起信，立即出了客厅来到门口。妻子一听到丈夫的脚步声，就站了起来，从茶室的廊子上也走到了门口。

"出去散散步就回来。"

"你去吧。"妻微笑着回答。

过了半个钟头光景，格子门"哗啦"一声打开了。阿米停下手里的针线，从廊子上走到门口张望。回来的不是宗助，而是头戴高中制服帽的弟弟小六。他披着一件长长的黑呢子斗篷，里面的大褂只露出五六寸长的衣襟。他一边解开纽扣一边说：

"好热。"

"你也太过分啦，这种天气穿这么多衣服。"

"我想，天黑了会冷的。"小六辩解着。他跟着嫂子来到茶室，看到了正在缝制的衣服。

"手工还是那么细。"他说着，盘腿坐在长火盆前。

嫂嫂把针线推到屋角里，走到小六面前，把茶壶解下来，又添了几块木炭。

"茶我已经喝够啦。"小六说。

"你讨厌？"阿米操着女学生的口气，"那好，吃点心吧。"她说着笑了。

"有吗？"小六问。

"不，没有。"阿米老老实实地回答。她好像又想起了什么，"请等一等，说不定还有呢。"她站起来，顺势推开旁边的木炭筐子，打开了壁橱。小六望着她的背影，仔细端详着那被里面的腰带高高顶起的部分。老大一会儿了，不知她在找些什么。

"好啦，我不吃点心啦，还是告诉我哥哥到什么地方去了吧。"小六说。

"哥哥刚刚出去。"阿米没有回头，她仍在壁橱里寻找东西。不一会儿，她"哐啷"关上了橱门。

"糟啦，不知什么时候叫哥哥吃光啦。"她说罢又回到长火盆旁边来。

"晚上我在这儿吃饭。"

"嗯，我准备。"

看看挂钟，已经快四点了。阿米计算着时间：四点、五点、六点。小六默默地望着嫂嫂的脸。实际上，他对嫂嫂的招待并不感兴趣。

"嫂子，哥哥到佐伯家去了吗？"他问。

"前一阵子老说要去的，可哥哥他早出晚归，一回来就直喊累，连个澡都懒得去洗。我也不好太难为他呀。"

"哥哥肯定忙得够呛。不过，我那件事办不成总感到心神不定，学习也安不下心来。"小六说着抄起黄铜火筷子，在火盆的炭灰里一个劲儿地写着什么。阿米盯着晃动着的火筷子尖儿瞧。

"他刚才发了信啦。"她安慰小六。

"都说了些什么？"

"我没有看，不过肯定是为了那件事儿。等哥哥回来你问问看，保准没错儿。"

"要是发了信，看来只能是为了那事了。"

"嗯，是真的，哥哥刚才是拿着信出去发的。"

嫂嫂一味解释着，安慰小六。可他并不想听下去。他想，哥哥要是有闲空儿散步，用不着写信，亲自跑一趟岂不更好？他有些心烦意乱，随即来到客厅，从书橱里取出一本红皮西洋书，一页一页地翻看着。

二

　　一心无挂的宗助，拐过街角，在一家商店里买了邮票和一盒"敷岛"牌香烟，把信发了出去。就这样按原路回家总感到有些不满足，于是他叼着一支香烟，让烟雾不断地飘散到秋天的空气里，晃晃悠悠地散起步来。不觉之间走了好远一段路。这时的一切在他头脑里留下了鲜明的印象：东京就是这样的地方啊！他姑且把这种印象当作今天星期日的收获，回家去睡上一觉。他一年到头呼吸着东京的空气过日子，每天乘电车到机关上下班，一来一往两次经过热闹的街市。然而，由于身体和精神都很紧张，总是心不在焉地匆匆而过，几乎没有意识到自己是生活在繁华的城市里。本来，平时忙得晕头转向，哪有心思想这些。碰到七天一次的休息，心情就宽松一阵子。相比之下，平常的生活就更显得紧张难熬。自己毕竟是住在东京城里，当他想起自己尚未看到东京是什么模样的时候，心里总有

8

些寂寥之感。

　　每当这种时候，他就像忽然醒悟了似的跑到街上去。他有时想，怀里只要揣着些钱，就尽情地畅游一番。可是这种寂寥的心情，还不具备足以驱使他走入极端的强大力量。所以，当他向着自己既定的目标急驰之前，又感到这样太冒失而随即作罢。他的钱包虽说总是胀鼓鼓的，但从数目上看却不至于使自己轻举妄动。他懒得去动脑筋，还是揣着手信步回家心情更舒畅一些。宗助的寂寥之感，也只是在他出外散步或逛逛劝业场时才强烈地表现出来，等这时候一过，直到下个礼拜天之前，他又可以找到种种慰藉了。

　　今天，宗助一横心又乘上电车。这个星期日虽然是好天气，但乘客比往常要少，这使他的心情格外舒畅。车上的人神色恬静，个个都显出泰然自若的样子。宗助坐下来，想起自己每天早晨挤车抢座位、到丸之内[1]方向去上班的情景。没有比早高峰时那些乘客更叫人扫兴的了。他即使抓住了吊环，或坐到天鹅绒椅子上，心中也从未泛起过人与人之间的温情。这种事，他经历得太多了，就像是和一些机器人膝靠膝、肩挨肩地坐在一起一样，到了目的地突然下车了事。前面有一位老太太，把嘴凑到八岁光景的孙女的耳边，正在说着什么。旁边有位三十上下的商家妇女模样的人，亲切地询问着那女孩的年龄和名字。宗助看到这些，心里感觉仿佛来到了另一个世界。

　　头顶上的木框里挂满了广告。宗助平生从来没有注意过这

1　东京都千代田区皇居东侧的繁华街市。

些东西。他若无其事地读了第一张广告。这是一家搬运公司，上面写着"承办迁居业务，快捷可靠"。接着，在"希望经济实惠者；喜欢清洁卫生者；要求安全保险者"三行字后面，又写着"请使用瓦斯灶"的字样，还附有一幅画，上面画了一台点着火的瓦斯灶。第三张广告上写着："俄国文豪托尔斯泰的杰作——《千古之雪》[1]，当代打斗喜剧，由小辰大一剧团演出。"大红纸上几乎被这些白字涂满了。

宗助花了十几分钟时间，把所有的广告仔细读了两三遍。他没有什么地方好去，也没有什么东西好买，只有这些广告清晰地映在自己的头脑里，而且有时间一一阅读，了解其中的全部内容。这种闲情逸致确实使宗助得到不少满足。在他的生活当中，只有这么一点余裕可以夸示于人，除了星期天，他平日再也找不到一点消闲的工夫了。

宗助在骏河台站下了电车。他一下来就看到右边玻璃窗里摆着漂亮的西洋书籍。宗助站在窗前凝望了好大一会儿，那些红、蓝和绘有图案、花纹的书皮上，印着鲜艳的烫金文字。书名的含义他当然明白，但宗助并不想拿起来翻看里面的内容。他丝毫没有这样的好奇心。每当经过书店就想进去看看，一走进去就要买上几本，这已经是宗助很久以前的生活习惯了。有一本叫作 *History of Gambling*（《赌博史》）的，装帧非常美观，被摆在橱窗的最中央。不过，这本书也只是给他的头脑里增加了几分新奇感罢了。

宗助微笑着穿过熙来攘往的大街，接着就进入对面的钟表

1　由《复活》所改编的电影。

店看了看。几只金表的金链排列着，漂亮的颜色和款式引起了他的注目，但并没有勾起他购买的欲望。然而他却一一看了用丝线吊着的价格标签，又同实物比较了一下。他为金表的价格如此便宜而感到惊讶。

他又在阳伞店前停留了片刻。在出售西洋杂货的小店里，他看到了悬挂在礼帽旁边的领带，比自己平日佩戴的那条要好看得多。他非常喜欢，想问问价钱。刚刚走进店门，忽然想到从明天起就佩戴这种领带上班，实在太无聊了。于是，他无心打开钱包，便急匆匆退了出来。宗助又来到服装店，站着看了好一会儿。什么"鹈绉绸"啦、"高贵纺"啦、"清凌缎"啦，名目繁多，都是迄今为止没有听到过的，宗助记住了好多。在一家名叫"京都新式衣领商店"的门前，他挨过去，帽檐儿几乎触到了玻璃窗户。他对着那些绣得十分精巧的女式罩领瞧了老半天，里面有适合妻子穿戴的上等品。宗助刚想给阿米买一件，可一转念，觉得这应当是五六年以前干的事，于是，一个美好的念头又随即打消了。宗助苦笑着离开玻璃窗，一直走了大半条街，觉得有些懊丧。宗助再也无心注意大街上的行人和商店了。

这时，他猛然间看到街角有一家大期刊店，门前张贴着新杂志出版的广告。有的用纸写好贴在梯子形的细长的木格子上；有的直接用颜料写在涂漆的木板上。宗助细细读了，作者的名字和书名虽然在报纸上看见过，但这次又感到特别新奇。

街角的背阴地里，一个戴着黑色高帽子的三十岁光景的男人，自由自在地盘腿坐在地上，一边高叫"这是孩子们最好的玩具"一边使劲往大气球里吹气。气球胀大了，肚子像个弥勒佛，然后用笔墨在适当的地方画上眼睛和嘴巴。宗助看了非常佩服。加上一吹足气，气球老是不瘪，而且屁股能自由地坐在人的指尖或手掌上。要是用牙签般的细木棒朝屁股眼里一捅，它就"噗"的一声收缩起来。

来往行人匆匆忙忙打这里经过，谁也顾不得停下脚步看一眼。戴高帽子的汉子冷清清地只身打坐在闹市的一隅，他似乎没有感觉到周围发生了什么样的事情，一边喊着"孩子们最好的礼物啊"，一边向大肚子气球里吹气。宗助花一分五厘钱买了一个气球，叫那汉子弄瘪了以后，装进袖筒。他想找一家干净的理发店理理发，东找西找也没有一家干净的，看看时间不早了，就又乘上电车返回家门。

宗助在电车终点站下了车，把车票交给了司机。这时，天空已经失去了光亮，湿漉漉的马路上一片昏暗。刚要下车时，他一握铁柱子，顿时感到一阵寒冷。一起下车的乘客四散开去，各自急匆匆地走了。他向街口一望，左右人家的房檐和屋顶上飘起灰白色的烟雾，在空气中浮动。宗助也朝那树木丛生的方向快速移动着脚步。今天这个晴朗而令人舒适的星期日已经过去了。他想到这儿，心里又泛起几分难以捉摸的寂寞之情。从明天开始又要照例上班干活了，今儿这个半天多么值得珍惜啊！剩下六天半的毫无生趣的生活，又是多么使人乏味。走着走着，眼前又浮现出那间窗子少、光线暗的大房间里的摆设以及同事们的脸孔，浮现出上司呼叫他"野中先生，请来一下"的那副神情。

经"鱼胜"酒馆的门前，走过五六户人家，从一个既不靠马路也不连接胡同的地方拐过去，顶头就是一座高崖，左右两边排列着四五间格局相同的出租房屋。在那道稀疏的杉树墙后面，直到前不久，还住着一位武士。房屋古朴而闲静，同普通的人家夹杂在一起。谁知崖上边有个姓坂井的人，买下这块地皮，拆除了茅草房顶，拔掉了杉树墙，重新改建成现在这个样子。宗助的家正对着胡同，位于最里面的左侧，紧贴着崖下，显得阴森森的。但这里距离马路较远，比较僻静。他和妻商量好之后，特地选择了这块地方。

七天一次的礼拜日就要过去了，宗助想早些洗洗澡，有空再去理理发，然后痛痛快快吃顿晚饭。他急忙打开格子门，厨房里响着碗筷碰撞的声音。他走上台阶，一不注意踩着了小六的木屐。正在宗助弯腰摆好木屐的当儿，小六出来了。

"谁呀？是哥哥吗？"阿米在厨房里问道。

"哦，你来啦？"宗助说着进了客厅。

刚才去发信，在神田散步，一直到下车这段时间，宗助的头脑里根本没有闪现过小六的影子。所以在见到小六时，自己总像干了什么坏事似的，有些不好意思。

"阿米，阿米！"他招呼厨房里的妻子，"小六来啦，搞点好吃的！"

妻连忙打开厨房的格子门走出来，站在客厅门口。

"哎，马上就好。"她听罢丈夫的吩咐，即刻回答。她刚想折回去，又转过身来对小六说："小六兄弟，难为你，把客厅门关好，点上油灯。我和阿清都走不开呀。"

"好。"小六答应着，站起身来。

厨房里响起了阿清刳东西的声音，响起了向池子里"哗啦哗啦"倒水的声音。"太太，这个放在哪儿？"也传来这样的说话声。

"嫂子，剪灯花的剪子在哪儿?"小六喊道。水咕嘟咕嘟地开了，似乎不断地冒出来，滴在炉火上。

宗助坐在昏暗的客厅里，默默地在小火炉上烤手。木炭在里面烧得通红。这时，他听到崖上房东家的小姐在弹钢琴。宗助若有所思地站起来，拉开客厅里的挡雨窗，走到廊缘上。斑竹在灰暗的天空里抖动着枝条，一两点星光闪闪烁烁，钢琴声不停地从斑竹的后面传过来。

三

　　宗助和小六拎着毛巾从澡堂回来的时候，客厅正中间已经放好一张方桌，上面摆满了阿米做的家常菜肴。小火炉燃得很旺，油灯也剔得亮堂堂的。

　　宗助拉一拉桌前的坐垫，舒舒服服地坐下来。这时，阿米接过了他手里的毛巾和肥皂。

　　"水还好吗?"她问。

　　"嗯。"宗助只这么应了一声。看他那副样子，与其说是无动于衷，不如说刚洗完澡，精神有些松弛，连话都懒得说了。

　　"水相当好。"小六望望阿米，搭了腔。

　　"那样挤，可实在受不了。"宗助把胳膊肘支在桌子角上，懒洋洋地说。

　　平素，宗助总是回家以后，凑在别人正要吃晚饭前的黄昏去洗澡。这两三个月来，他从没有在阳光照射下注意过洗澡水的颜色。这还不算，特别是最近三四天，他简直连澡堂的门槛都没有跨过。每逢星期天，他常常想早些起来，抢先到干净的热水里连头带脚泡一泡。谁知到时候就想，只有今天能痛痛快快睡一觉。到头来，总是在床上磨磨蹭蹭，时间便无情地过去了。心想真麻烦，干脆算了，再等下一个礼拜天吧。这全是惰性的表现。

"我总想赶在早晨洗澡哩。"宗助说。

"还说呢，到了那天你保准又要睡懒觉。"妻拿话故意逗弄他。

小六心里一直认为这是哥哥生来就有的弱点。他自己尽管过着学生生活，但却不理解星期天对哥哥是多么难得。六天来的暗淡心情，都要在这一天里得到恢复，哥哥对这二十四小时该抱有多大的希望啊！然而由于要做的事情太多了，十有二三都无法实行。不，这其中的两三件事一旦开始实行的时候，又吝惜起所要花费的时间来。结果总是缩手缩脚，星期天便在不知不觉中过去了。宗助的境遇就是这样的，他对自己的身心健康、娱乐和爱好所需要花费的时间都得尽量节约下来。宗助没有能为小六尽力，他并非不想尽力，而是头脑里根本无暇考虑这些。不过，在小六看来，无论如何都不可理解。他认为，哥哥太自私了，有空总是陪伴着老婆玩，一向不肯为他出力。小六看透了，哥哥不可指望，他是个很薄情的人。

不过，小六的这种看法，只是最近才产生的。说实在一点，是和佐伯家发生来往以后的事。年纪轻轻、遇事性急的小六，把这件事托付给哥哥，总想在一两天内就能办成。到现在为止，已是好长时间了，但连个眉目都没有，哥哥又不愿亲自跑一趟。他对此老大的不满。

但是，小六今天等哥哥回来，两人一见面，因为是亲兄弟，也没有说什么特别客气的话，彼此都显得很亲热。小六只好把要说的话暂时咽下，同哥哥一道出去洗了澡，然后再心平气和地叙谈一番。

兄弟两个放松地坐到了饭桌前面，阿米也毫不拘束地占据了一角。宗助和小六每人喝了两三杯酒。吃饭以前，宗助笑着说：

"喏，给你看一样好东西。"

他从袖口里掏出买来的大肚子气球，把它吹得膨胀起来，放在碗盖上，然后讲述着这种玩具有什么特点。阿米和小六都十分好奇地望着这个又软又圆的东西。末了，小六"噗"地吹了一口，大肚子玩具从桌子飘落到地面上，竟然没有翻个儿。

"看！"宗助说。

阿米发出了女人家特有的笑声。她打开饭盒盖子，给丈夫盛饭[1]。

"哥哥也是很乐观的！"她望着小六说。这多半是在为丈夫辩护。

宗助从妻子手里接过饭碗，没说一句话就开始吃起来。小六也正式拿起了筷子。

大家再没有提那个大肚子玩具，但是这玩具却成了他们说话的引子。之后，三个人便无拘无束地畅谈着吃完了这顿饭。

"想不到，伊藤先生[2]也遭到了厄运！"最后，小六换了一

1　日本人习惯，预先把蒸好的米饭装在圆桶状的漆盒内，吃饭时再盛到碗里。
2　指当时的韩国统监伊藤博文，1909 年 10 月在哈尔滨火车站被暗杀。

种口气说。

　　五六天以前，宗助看到暗杀伊藤公的号外时，来到厨房，对正在做饭的阿米说："喂，不得了啦，伊藤先生被杀啦！"他把号外放在阿米的围裙上，又回到书斋。听他说话的语气，倒也很平静。

　　"你说不得了，可声音一点也没改变呀。"阿米从后面特地半开玩笑地提醒他说。打那以后，每天的报纸上，总有五六段是关于伊藤公的事。不知宗助是否看过这些报道，他对这桩暗杀事件似乎无动于衷。晚间归来，阿米伺候他吃饭的时候问："今天又有伊藤先生的消息啦？"他便回答："嗯，好多呢。"然后，阿米就从背后掏出丈夫口袋里的他已读过的早报看一遍，这才弄明白当天的时事。阿米也只是在丈夫回家后，当作一时的话题，才说到伊藤公的事，她看到宗助无心再说这些，也就不想向这方面引了。自从那天发表号外，直到今晚小六来又一次提起这件事，那些震动天下的新闻并没有激起过夫妻俩特别大的兴趣。

　　"他是为什么被杀的？"阿米把看到号外后向宗助提过的问题，又向小六问了一遍。

　　"有人用手枪砰砰连发几枪，就打中了。"小六老老实实地回答。

　　"我是问你为什么被杀呀！"

　　小六现出一副不得要领的尴尬模样。

　　"还不是命里注定的。"宗助沉静地说。他甜滋滋地喝着茶。阿米看来还不明白他说的话的意思，又问：

　　"他为什么又到满洲去了呢？"

"可也是啊。"宗助腆着肚子，看来酒足饭饱了。

"听说要到俄国去干一桩秘密的事情。"小六一本正经地说。

"是吗？可真倒霉，遭人杀啦。"阿米说。

"像我这样的小职员，被人杀了是倒霉的，但像伊藤先生这种人，去哈尔滨被杀倒是件好事。"宗助这才用有声有色的语调说。

"哎呀，为什么？"

"为什么？伊藤先生一旦被杀，他就成了历史的伟人。要是平平凡凡地死呢，就不会这样。"

"有道理，这话也许是对的。"小六有些佩服哥哥的话。过一会儿，接着说，"不论是满洲还是哈尔滨，都是容易闹乱子的地方，我总觉得那里很危险。"

"那里什么人都有啊！"宗助回答。阿米带着不解的神色望望丈夫。宗助似乎觉察到了，便催促妻子：

"好啦，可以撤啦。"

他把刚才的大肚子玩具从铺席上拾起来，套在食指尖上：

"真好玩，要它怎么样它就会怎么样哩。"

阿清从厨房走来收拾了桌子上的菜盘子。阿米到里间去沏茶。兄弟两个又相向坐了下来。

"嗬，这回干净啦。一吃饭，桌上总是弄得怪脏的。"宗助已经对饭桌全然不再留恋了。

厨房里阿清不住声地笑着。

"干吗那样高兴？阿清！"阿米隔着格子门问。

阿清应了一声，又笑起来。弟兄俩一言未发，都在倾听女佣的笑声。

过一会儿，阿米两手端来了果碟的茶盘。她又用缠着藤条的大茶壶，向大茶碗里倒满了粗茶，放到两人面前。这茶喝了对人的胃和头脑都没有什么刺激。

"她说什么？为啥那样笑？"丈夫问。然而，他没有看阿米一眼，却一直盯着果碟瞧。

"都怪你买了那玩具，还津津有味地套在指尖上玩个不停。况且，又没个孩子。"

宗助毫不在意地轻轻应了一声"是吗"，接着就缓缓地说："我本来也是有孩子的。"他似乎在努力品味自己说出的话，然后抬起温和的目光望望妻子。阿米顿时闷声不响了。

"你吃点心吧。"过一阵子，她对小六说。

"嗯，我吃。"她心不在焉地听着小六的答话，即刻到茶室去了。于是又只剩下了兄弟二人。

从电车终点站步行约二十分钟，便是山手地区的中心地带。虽然天刚擦黑，四周已经变得格外静寂。大门外面有人通过，传来短齿木屐清脆的响声，更给夜色增添了不少寒意。

"白天倒还暖和，一到夜里就立即冷起来，学校宿舍通暖气了没有？"宗助袖着手问。

"还没有，学校里不到天寒地冻是不会烧暖气的。"

"是吗？那样太冷了呀！"

"嗯，不过我倒觉得再冷也没关系，只是……"小六说到这里沉吟了一下，终于还是下了决心，"哥哥，佐伯家那边到底怎么样了？刚才听嫂嫂说，你今天发了信。"

"啊，是发了。两三天之内总有个回音吧。然后我再亲自跑一趟或再想想别的办法。"

小六望着哥哥平静的样子，心中很不满意。然而，宗助的神态里既没有惹人发怒的激烈情绪，也没有为自己辩护的卑屈表现。这使小六更没有勇气责怪他了。

"那么说，直到现在事情还是老样子啰？"小六只想证实一下。

"嗯。事情没有进展，真过意不去，今天好歹写了封信。我实在没法子，近来神经衰弱啊！"宗助认真地说。

"实在不行，我只好休学，干脆现在就到满洲或朝鲜去。"小六苦笑着说。

"到满洲或朝鲜去？你胡思乱想些什么！刚才不是还说满洲地方很乱，你讨厌那儿吗？"

他们的谈话就是这样你来我往，始终没有个结果。

"好吧，就这样，你不必担心，我想想办法。等那边一回话我就马上通知你，然后再商量。"最后，宗助这么说着，结束了两人的谈话。

小六临走时，向茶室瞟了一眼，看到阿米清闲地靠着长火盆。

"嫂嫂，再见！"他打了声招呼。

"哎呀，你回去啦？"她应和着站起身来。

四

　　这个使小六感到苦恼的佐伯家，不出所料，两三天后果然有了回音。信写得非常简单，把一个足可以用明信片说明的问题，郑重地写在纸上装进信封里，还贴了三分邮票。这是婶母的亲笔信。

　　宗助从机关里回来，换下紧巴巴的窄袖工作服，坐在火盆前，一眼就看见了这封插入抽斗缝里、还特别露出一截的信。他呷了一口阿米沏好的粗茶，立刻剪开了封口。

　　"哎，阿安到神户去啦。"他边看信边说。

　　"什么时候？"阿米把杯子放在丈夫面前，随后一动不动地问。

　　"没有说什么时候，只是写着他时间不长就返京，看来很快就会回来的。"

　　"什么时间不长，还不是听婶母的安排。"

对于阿米的分析，宗助没有表示赞成还是不赞成。他读完信又装进信封，向旁边一扔。四五天没有刮脸了，他心情腻烦地抚摸着扎扎拉拉的腮帮。

阿米立即将信拾起来，她不想再读了，只是放在膝盖上，瞧着丈夫的脸，问道：

"上面说时间不长就返京，这话到底什么意思？"

"是说等安之助回来后，同他商量好了再给答复呢。"

"时间不长，这话很含糊，应当写明何时回来才对。"

"是啊。"

为了慎重，阿米又把膝头的信打开看了看，然后照原样叠好，把手伸向丈夫：

"把信封递给我。"

宗助把夹在自己和火盆之间的蓝色信封交给了妻子。阿米吹了口气，使它鼓起来，把信装好，然后到厨房去了。

宗助再也不去管那信的事了。他回想起今天在机关里听同事们说，在新桥旁边见到了最近来日游历的英国基钦纳[1]元帅。到了那种地位，不论走到哪里，都会给世界带来骚动。这种人也许生来就是这样的。回顾一下自己过去和现在的命运，看看展现在面前的未来，再同基钦纳这种人比较一下，真乃相隔万里，简直不能相信彼此都同属于人类。

宗助想到这里，拼命地抽着香烟。傍晚，外头起风了，声音很响，似乎是从远方着意袭来的一般。有时，风声停息下来，显得十分宁静，比起狂吹的时候，使人更感到凄苦难耐。

1　Horatio Herbert Kitchener（1850—1916），英国陆军元帅，1909年赴日参观军事大演习。

宗助抱着膀子，不由得想起快要到鸣钟防火的时节了。[1]

走到厨房一看，炉火燃得正旺，妻子正在炒鱼片；阿清弓着腰在水池边洗腌菜。她俩都不言语，各人忙各人的事。宗助打开格子门，听了半天炒菜炸油的声音，又默默地关上门，回到原来的座位上。妻的眼神一直没有离开过菜锅。

吃罢饭，夫妇俩围着火盆相向坐下。阿米又发话了：

"佐伯家那边真难办呀。"

"唉，没办法，只好等阿安从神户回来再说。"

"在这之前，还是见见婶母打个招呼为好。"

"不久他们自会来回话的，现在先不去管它。"

"小六可时常生气啊！"阿米特意叮咛了一句，微笑了。宗助垂下眼，把手里的牙签插在和服衣襟里。

隔了一天，宗助还是把佐伯家的回音通知了小六，信尾照例添了这样一句话：最近总会有些眉目的。办完这件事，他感到一阵轻松，只要事情的自然进展暂时不再紧逼他，就可以将它忘记，省却不少麻烦。他每天毫无牵挂地到机关上班，然后再回家。宗助回来得很迟，一旦回家，就再也不想外出了。客人不大来，没有事的时候，他叫阿清十点钟以前就睡了。每天晚上吃罢晚饭，夫妻俩相向坐在同一只火盆旁边，总要谈上一个小时。话题都是和他们的生活状况有关系的。但是，对于那些柴米油盐的麻烦事儿，比如到了月底粮店的欠款如何偿还之类，他们从来都没有提及过。当然，他们也不会谈论什么小说呀、文学批评呀等方面的事。他俩的交谈也很少使用那些男女

---

[1] 每年11月26日，日本实行全国性消防运动。

之间时兴的艳丽词句。他们虽然还不算年老，但青春的时光似乎已经逝去，每天过的都是朴素无华的日子。而且他们的夫妇关系，一开始就是一种默默无闻的平凡人之间的结合。

表面上看来，夫妻俩对任何事情都无忧无虑，这从他们对待小六的事情上可以略知一二。不过，阿米到底是个女人家，她曾几次提醒过宗助：

"阿安还没回来吗？下个星期天你得亲自到番町去看看才是啊。"

"嗯，可以去一趟。"宗助只是回答着。等到星期天该去的时候，他又早已忘记了。阿米看了也不见怪，要是天好就说："去散散步吧！"要是刮风下雨就说："今儿这个礼拜天真幸运。"

幸好，小六以后再没有来过。这青年性情倔强，说到哪里就干到哪里，这一点很像学生时代的宗助。然而心情一变，又恢复到老样子，把昨天的事忘得一干二净，显得什么也不在乎了。作为兄弟，这一点也很像往昔的宗助。不知他是因为头脑冷静，将感情注入理智中去了，还是因为感情上受到了抽象理论的束缚。反正，对于一件事，不给他讲明道理他就无动于衷，一旦讲明道理，他就穷追下去，非弄个水落石出才肯罢休。再说他年轻力壮、血气方刚，什么事都不打怵。

宗助每当看见弟弟，就感到过去的自己重新复苏，又在眼前活动了。有时使他忧心，有时给他痛苦。每到这种时候，宗助就想，这可能是上天有意的安排，为了唤醒他内心对往昔的苦痛的记忆，才把小六摆在自己面前的吧。这是非常可怕的事。难道这家伙一生下来就是为了陷入和自己同样的命运里吗？想到这里，宗助心里与其说是担忧，不如说是烦闷。

但是迄今为止，宗助对小六既没有说过如何立身处世的话，也没有就他将来的前途作过开导和规劝。他对待弟弟是极为普通和平庸的。他眼下的生活死气沉沉，使人看不出他竟然有着那样的过去。他对弟弟很少采取一般富有深刻阅历的长者所应有的姿态。

宗助和小六之间，还夹着两个男孩子，那两个都已早夭，所以，虽说是兄弟，年龄却相差十多岁。宗助读大学一年级时，转学到了京都，兄弟俩朝夕与共，一直到小六十二三岁为止。宗助还记得，那时的小六是个又刚毅又倔强的调皮鬼。当时父亲还在世，家境也不算坏，长工屋里雇着车夫，日子过得挺快活。这车夫有个孩子，比小六小三岁，一天到晚伴着小六玩。有一年盛夏的晌午，他俩把糖果袋子套在长竹竿上，站在大柿子树下捕蝉儿。宗助看见了喊："小兼，光头晒太阳，会得日射病的，把这拿去戴上！"说完将小六的旧夏帽递给了他。小六看到哥哥拿自己的东西送人情，很是生气，蓦地从小兼手里夺回帽子，掼到地上，跳上去把草帽踩得稀烂。宗助从廊缘上赤着脚跑过来，照着小六的脑瓜儿就是一阵打。那时候，在宗助看来，小六这孩子太可恶了。

到了二年级，宗助因故必须离开学校，但又不能回东京老家。他从京都到了广岛，在那里住了半年，父亲就死了。母亲早在五六年前就已亡故，只剩下了一位年方二十五六的小老婆和刚满十六岁的小六。

接到佐伯家发来的电报，宗助回到阔别已久的东京。办完丧事，他清理了一下家里，发现财产出乎意料地少，而欠的债却使他大吃一惊。他和叔父佐伯商量，叔父说，实在没办法，只好把宅子典卖了。并决定给小老婆一部分钱，将她立即打发出去。小六眼下寄养在叔父家中。然而，成为关键一着的住宅，不是一天两天就容易卖掉的，所以只得暂时托付给叔父，请他应酬门面。叔父有事业心，他惨淡经营，屡次失败，可以说是个利欲熏心的冒险家。宗助还在东京的时候，他经常甜言蜜语地说动宗助的父亲，从中捞到不少钱。当然，宗助的父亲本人也有私欲，他在叔父的事业里贴进去的钱财绝不在少数。

眼下，父亲虽然去世了，叔父却和过去没有什么两样。鉴于生前的兄弟情分和个人筹算，这种人在关键时候又显得比较通融。于是，叔父欣然答应替他处理这份房产。宗助把有关卖房的一切事宜都托给了叔父。也就是说，为了弄得一笔急需的款子，他将土地家产拱手让了出去。

"不过，这些房产要是不愿意找个买主卖掉，那要吃亏的啊。"叔父说。

家具只挑些有用场的留下，不值钱的一概卖掉。有五六幅挂轴和十二三件古董，叔父说要从长计议，找不到合适的主顾反遭损失。宗助同意他的说法，把这些东西交给叔父保管。将所有的物品折算在一起，手头净剩下的现钱约有两千日元。宗助想，其中一部分必须用来给小六交学费。转念一想，自己每月还可以寄些钱来。然而当时的职业不像如今这样安定，想到这计划未必能实现，所以虽然很苦恼，还是狠狠心把半数现款交给了叔父，请他关照小六。他想，自己中途哪怕遭到挫败，也总得使弟弟有个指望。等这一千日元钱用光之后，哥哥还会为我操心的吧。宗助给小六留下了这个缥缈的希望又回广岛去了。

之后又过了半年光景，叔父写信来说房子终于卖了，叫他放心。至于卖了多少钱，信上一个字也没有提。去封信一打听，这下子隔了两个星期才回，说卖的钱足够偿还那笔债务，要他不必挂心。宗助对这封回信很不满意，鉴于信中写着"个中详情，容后面叙"的话，想马上动身到东京去。他如此这般地同妻子商量了一番。阿米露出忧郁的神色说：

"不过，你不能去，有什么办法呢？"

阿米照例微笑着。这时，宗助像是被妻子宣判的犯人一样，抱着臂膀久久地思考着。如今的处境像是被什么紧紧束缚起来似的，动弹不得。他终于作罢了。

出于无奈，他又写了三四封信询问，结果还是一样，叔父总是说等见面时再详谈，这似乎成了不可推翻的定论了。

"这实在没办法。"宗助气呼呼地望望阿米。又过了三个月，终于找到了机会，宗助想带着阿米到阔别已久的东京去。谁知临行前患了感冒躺倒了，接着转化为伤寒病，在床上睡了六十多天。起来之后身体很虚弱，有个把月还不能很好地工作。

病体恢复以后不久，宗助又不得不离开广岛移居福冈。他想利用这个时机，顺便到东京去一趟。由于各种事情的牵扯，终于没有去成。结果还是把自己的命运托付给了西行的列车。那时候，怀里的抵押东京房产得到的钱已经所剩不多了。他在福冈生活两年，经历了一段艰苦的奋斗。他常常想起自己在京都的时候，利用种种口实，随时都能从父亲那里索取一大笔钱来，任意开销。比比现在呢，他真害怕会受到什么因果报应。有时，他暗暗回顾着逝去的良辰美景，觉得那是自己荣华的顶点，仿佛是在用那如梦初醒的眼睛眺望远方的云霞一般。每当这时，他更加感到痛苦。

"阿米，很久没有再提这件事啦，这回到东京再商量商量看吧。"他说。

阿米当然不愿意阻拦他，只是望着地面不安地回答：

"不行呀，叔父全不守信用呢。"

"我们以为对方不守信用，可对方也许认为我们不守信用哩。"

宗助态度武断地说。他看到阿米低着眉，自己的勇气似乎顿时消失了。类似这样的对话，当初一个月中有一两回，后来每两个月一回，最后变成三个月一回了。

"好吧，只要小六能给安排好，剩下的事等有机会去东京再商量吧。阿米，你说这样行吗？"最后，宗助这样说。

"那敢情好。"阿米回答。

宗助把佐伯家的事就这样搁置下来了。他考虑，即便在过去，他也不好意思单单向叔父提出要钱的事。因此，他从来没有用笔墨进行过这样的谈判。小六时常来信，大多写得很短。宗助只记得父亲死时在东京见到小六的情景，他一直把小六当作少不更事的小孩子，当然不会让小六代表自己同叔父办什么交涉了。

就像世界上那些见不到阳光的生物，逢到难耐的严冬，总是抱在一起取暖一样，他们夫妇两人志同道合地过着日子。痛苦的时候，阿米总是对宗助说：

"真没办法。"

宗助也回答阿米：

"好，再忍耐些时候吧。"

在他们两个之间，只有绝望和忍耐，而几乎看不到未来和希望的影子。他们不太谈论过去，甚至有时不约而同地加以回避。

"不久肯定会交到好运的，总不能尽是倒霉的事儿吧。"阿米有时这样安慰丈夫。逢到这时候，宗助便苦笑着，无言以对。他感到这是命运借助真心实意的妻子之口捉弄自己的刻毒语言。阿米对此却毫不介意。

"难道我们就没有权利获得一些好事吗？"阿米一狠心说出了这句话。妻子终于觉察到丈夫的表情，便缄口不言了。于是，两个人默默地对坐着，不知不觉地都沉沦在往昔由他们自己一手制造的黑暗的洞穴之中。

他们是自作自受，他们亲手毁掉了自己的未来。他们并不希图自己的生活道路上有什么锦绣的前程，只想两个人携手并进。他们对叔父典卖房产一事本来就不抱什么期望。

"照现在的行情，随便找个主儿，也要比当时叔父给的价钱高出一倍来。真是太不像话啦。"宗助常常若有所思地说。于是，阿米凄然一笑："又提房产的事了，你总是惦记着这事儿。当初你不是万事都请叔父关照的吗？"

"没办法，在那种时候不那么办不成啊。"宗助说。

"所以说嘛，叔父也许认为他已经拿钱买下这份地产了呢。"

听阿米这么一说，宗助虽然觉得叔父的处置也有一定道理，但口头上仍然加以辩解：

"他有这种想法可不好啊。"这个问题一天天渐渐地推到九霄云外去了。

夫妇俩就是这样寂寞而凄清地生活着。第二年末尾，宗助偶然碰到了大学时代一位特别要好的名叫杉原的同学，杉原毕业后报考高级文职官员及格了，当时已经在某个部里供职，他因公务到福冈和佐贺出差，特地从东京来到这里。宗助从地方报纸上清楚地知道杉原何时到达，逗留几天。然而，作为一个失败者，他顾影自怜，耻于低着头出现在一位成功者的面前。再者，宗助有理由极力回避学生时代的旧友。所以，他一开始就没打算到旅馆去见杉原。

但是，杉原却通过一种特殊的关系，打听到宗助蛰居在这里，希望务必见上一面。宗助不得已只好同意。宗助从福冈能够搬到东京，全仗这位杉原的帮助。当杉原来信说事情已经有了着落的时候，宗助放下筷子说：

"阿米，可以去东京啦！"

"那太好啦！"阿米看着丈夫的脸。

到达东京之后，一晃就是两三个星期了。对于一个有了新的家庭，即将开始新工作的人来说，完全被繁忙的日常事务和大城市紧张而动荡的空气包裹住了，白天黑夜都没有闲暇好好考虑问题，或者从从容容着手做些事情。

他们乘夜间火车抵达新桥的时候，见到了阔别已久的叔父和婶母。也许是电灯太亮的缘故，夫妇俩的穿戴在宗助眼里并不显得十分华丽。他们等得有些不耐烦，好像路上由于事故而耽误了宝贵的三十分钟也是宗助的过失。

"哎呀，阿宗，好久不见，你太见老啦。"

宗助只听到婶母说了这样一句话。这时，他把阿米介绍给叔父和婶母。

"这就是……"婶母迟疑地望着宗助。阿米不知说什么好，她只是默默地低着头。

当然，小六也随叔父、婶母一起前来迎接他们两个了。宗助一眼望去，吃了一惊。他发现弟弟长得又高又大，不知不觉地已经赶上自己了。小六这会儿刚毕业，即将进入高中读书。他见了宗助，连"哥哥，你回来啦"都没讲，只是笨拙地行了个礼。

宗助和阿米在旅馆里寄宿了一个星期左右，然后搬到了现在这个地方。这当中，叔父和婶母为他们操了不少心。一些小件家具也用不着去买。叔父派人送来了一套，足够这个小家庭用的了。说虽然旧些，还可以使用。

"你刚成立了新家庭，想必花销要多些。"叔父说着又给了他六十日元。

安家以后各方面应酬了一番，不觉早已过去了半个多月。来东京前一直记挂着的有关房产的事，终于没有给叔父说。

"那件事儿，你还没有向叔父提过吗？"有一天，阿米问道。

"嗯，还没有。"宗助像忽然想起什么似的回答。

"奇怪，你原来是那样念念不忘。"阿米笑吟吟地说。

"可我一直没有找到适当的时机呀。"宗助辩解着。

又过了十天，这次宗助先开口了：

"阿米，那件事我还没有说哩，我真讨厌再提这些。"

"要是讨厌，就不要勉强好啦。"阿米回答。

"行吗？"宗助反问她。

"当然行啦，这本来是你的事，我压根儿就随你的便。"阿米答道。

"要是不择场合硬问，反而不好，过些时候等碰到好机会再问吧。我想肯定会有机会的。"宗助说完，就把事情撂下了。

小六住在叔父家，没有什么不如意的地方。要是考上高中，他就住校，连这件事都和叔父预先商量好了。他想，刚来东京的哥哥恐怕不会负担他的学费的，所以关于自己的一些事，总爱跟叔父商量，不愿意向哥哥谈知心话。他同堂兄弟安之助关系倒是很亲密，仿佛他俩才是真正的同胞兄弟似的。

宗助渐渐不大到叔父家里去了。有时去一次，也多是出自人情世故，拜问一下就算了事，回来的路上总感到沮丧。到后来，他一请完安就立即回来。要是坐上三十分钟，聊聊家常闲话，对他来说非常难受。对方也看出了他那局促不安的神情。

"哎，不多坐一会儿吗？"婶母照例挽留他。这样一来，他反而更不愿意待下去了。可是过些时候要是不去看看，心中又感到过意不去，于是就再去跑一趟。

"小六给家里添麻烦啦。"宗助常常主动低头道谢。可是，关于弟弟将来的学费依然要请叔父帮忙啦，还有自己外出时托叔父典卖地皮房产的事情啦，他一概不愿开口。宗助对叔父不感兴趣，每次去那里总是没精打采的。其实，宗助隔不久到叔父家去一趟，不单是出于叔侄间的亲缘关系，也不是为了应付一般的世俗人情。很明显，他有一件事一直闷在心底，没有找到机会倾吐哩。

"阿宗也完全变样啦。"婶母有时向叔父说。

"可不是嘛，那件事带来的影响恐怕永远也消磨不掉。"叔父回答着，对于善恶报应的说法越来越感到害怕。

"这太可怕啦，他本来不是个半睡不醒的孩子啊，而是个活蹦乱跳、性格开朗的人。两三年不见，简直衰老得叫人认不出来了。看起来，要比你这个老爷子还显得老呢。"婶母说。

"没的事。"叔父又应了一声。

"先不说头发和面孔，就说那副模样吧，也太老啦。"婶母申辩道。

自从宗助到东京来以后，老夫妇俩之间类似这样的谈话，已经不止一两次了。每当他到叔父家里来，那举止确实像老人们亲眼看到的一样。

阿米呢？打从上回在新桥车站介绍给两位老夫妇以来，一直没有跨进过叔父家的门槛。在对方看来，这媳妇嘴里"叔父""婶母"叫得倒也很甜。

"怎么样？有空来玩吧。"临回来时，叔父婶母招呼她。

"谢谢。"她只是答应着，却没有去过一次。

到头来，连宗助也劝她："到叔父家走一遭吧，怎么样？"

"不过……"她显得有些为难。宗助也从此再不提这事了。

就这样，两家人约莫过了一年光景，精神上看来比宗助年轻得多的叔父突然死了。他得的是脊髓脑膜炎这个绝症。有两三天躺在床上，好像患了感冒，上厕所回来要洗手，谁知拿着长柄勺昏倒了。不到一天光景，身子就变冷了。

"阿米，叔父一句话没说就死啦！"宗助说。

"你还打算问他那件事吗？我看你是鬼迷心窍啦。"阿米说。

此后又过了一年。叔父的儿子安之助大学毕业，小六也读高中二年级了。婶母和安之助一起迁到了中六番町。

三年级暑假，小六到房州去洗海水浴，在那里住了一个多月。进入九月的时候，他从保田沿着上总的海岸，经过九十九里滨，到达铫子。这时，他突然想起什么似的赶回了东京。他到宗助家里来，是在一个秋热的下午，那时他到达东京才两三天。小六黑黝黝的脸膛上，一双眼睛炯炯有神。他那一副南国风味的打扮，使人几乎认不出来了。他一进入这座很少见到太阳的客厅就躺下，等待哥哥回来。他见到宗助的身影，就一骨碌碌爬起来，开门见山地说：

"哥哥，我来找你有话说。"

宗助显得有些惊讶，他连那件闷热的西装也未来得及换，就听小六讲起来了。

原来，小六两三天前从上总回来的那天晚上，婶母怪难为情地对他说学费只能给他交到年底，过了年就拿不出了。小六自从死了父亲，就被叔父领了过去，供他读书和吃穿，还给他些零用钱。像父亲在世一样，小六无忧无虑地生活着，处处有了依赖性。直到那天晚上为止，他脑子里从未考虑过学费问题。所以，当他听到婶母的宣告以后有些茫然失措，一时连句应酬话都说不出来了。

婶母花了一个多小时，带着女人家怜惜的神情，向小六详细说明了不能再照料他的缘由。叔父一去世，接连而来的是经济上的变化。而且安之助要毕业了，毕业不久跟着而来的就是结婚问题。

"我本来打算，如果可能的话，至少供你到高中毕业。可现在实在无能为力啦。"小六一再重复着婶母的话。

那时，小六忽然想起当年哥哥回东京办理父亲丧事，诸事安排妥帖后临回广岛的时候，曾经对自己说过"你的学费都寄存在叔父手里"这件事。他问婶母，婶母带着惊讶的神情回答：

"当时阿宗是留了一些钱走的，不过早就用完了。叔父在世的时候，你的学费就是借来的。"

小六没有听哥哥谈起过寄存在叔父手里的学费有多少，可以用几年，所以经婶母这样一说，他再也无言以对了。

"你又不是孤身一人，还有哥哥哩，快去同他好好商量一下吧。我碰到他，也要特别给他说明白的。这阵子他很少来，我有好久没有见到他了。你的事一直未得空和他好好谈谈。"婶母最后又添了这么几句。

听小六一五一十地讲述了一遍，宗助瞧着弟弟的脸，说了声："真糟糕！"他既没有像往日那样情绪激昂地要立即跑到婶母家里去评理；也没有对这位过去一直不靠自己照顾渐渐显得有些疏远的弟弟，今天突然改变方向找到这儿来表现出怨愤的情绪。

自己亲手创造的美好的未来，仿佛一下子被人毁掉了一半，小六心乱如麻。宗助目送着他回去的背影，站在门口昏黑的门槛上，对着格子门外面的夕阳，眺望了好半天。

当晚，宗助从后院砍了两张大芭蕉叶子，把它铺在客厅门口的廊子上，他和阿米坐在上面一边乘凉，一边谈论小六的事。

"婶母的意思是叫我们照料小六吗？"阿米问。

"得等见了面，才能弄清楚她心里是怎么个打算。"宗助说。

"肯定没错儿。"黑暗里，阿米不停地摇着团扇。

宗助一言未发，他探着脖子，眺望着夹在屋檐和崖壁之间的狭长的天空。两个人默默地坐了很久。

"这样可不行啊。"阿米又开口了。

"要供养他到大学毕业，对于我来说，实在无能为力啊。"宗助表白自己的能力是有限的。

谈话转移到别的题目，没有再回到小六和婶母的身上来。又过了两三天，碰巧是星期六，宗助下班回来，路过番町来到婶母家里。

"哎呀呀，真是少见啊！"婶母比往常更加热情地款待了宗助。这时，宗助把闷在心里四五年的那件令人伤脑筋的事儿向婶母提了出来。婶母不得不极力进行辩解。

据婶母讲，宗助的房产典卖后，叔父手里得到多少钱，她确实不记得。反正为宗助偿还了那笔关键的借款后，剩下的不是四千五百日元就是四千三百日元。照叔父的意思，房子是宗助主动提出要卖的，不管余多少，剩下的应该全部归叔父自己所有。不过，一想到这是给宗助卖房子抽的头，心里总不是滋味。所以放在小六的名下，由叔父代为保管，就算是小六的财产。宗助卖了房产等于放弃了财产继承权，他没有权利再获取一分一文。

"阿宗，你可不要生气，这些话都是叔父说的。"婶母果决地说。宗助不吱一声，继续听她讲下去。

以小六的名义保管的钱财，结果凭叔父的本事，很快买进了神田闹市区的一座房产。不幸的是这座房产还没有参加保险，就失火烧掉了。这事从未向小六提起过，后来也就一直瞒了下来。

"情况就是这样，阿宗呵，实在对不起你。事情已经没有办法挽回啦。只能怪罪命运不济了。不过，要是叔父还活着，总有些办法的。小六一个人也好办些。即使叔父不在了，只要我经济上许可，我会拿出和烧毁的房子相当的财物偿还小六的。即便不这样，我也要想办法供他到毕业的。可是……"接着婶母又说了些内情话，是关于安之助找工作的事。

安之助是叔父的独生子，是个今年夏天刚从大学里毕业的青年。他在舒适的家庭里长大，除了和同年级的学生之外，几乎没有什么交际，对于时事可以说有些迂阔，然而正是这种迂阔使他抱着鸿鹄之志，一心想在现实社会上露面。他的专业是工科器械学。虽说在企业热逐渐下降的今天，全日本有那么多公司，合适的部门也有一两处。由于他身上存在着父亲传给他的喜欢冒险的性格，于是他一心想自己独立工作。他有幸碰到了一位前辈，这位前辈也是同科出身，在月岛附近办了一家私人工厂。这工厂规模虽小，但却是独立经营。他和这位前辈商量了一下，自己也投入了一部分资本，打算一道干起来再看。婶母所说的内情话就是这些。

"所以说手头的几个钱都入了股，眼下可以说连一文也没有了。外人看起来，我们家人口少，宅子宽，日子过得挺快活，这也难怪。上回，家里老太太来，说什么没有比你更享福的啦，每次来都看到你在仔细擦洗万年青的叶子哩。其实，哪有这么回事呀！"婶母说道。

宗助听罢婶母的说明，他怅然若失，一时不知道如何应对是好。他心里琢磨着，由于神经衰弱，他失去了过去那种聪慧、敏捷、能够立即做出明确判断的头脑。婶母明知道自己的话不能使宗助真正信服，所以连安之助入了多少股都讲到了。

那是五千日元左右。听说最近一个时期，安之助必须靠每月仅有的工资和五千日元股份所分得的利息过活。

"这样的分红，谁也不晓得到底会怎么样，弄得好可以拿一成到一成五的利息。弄得不好，也许会全部泡汤。"婶母补充说。

宗助觉得婶母的言行里，没有什么不合情理的地方，心中实在困惑不堪。他想，要是对小六的将来闭口不谈就回去，总是有些窝囊。于是，他把刚才的话题姑且放一放，又问起当初寄存在叔父手里的小六的一千日元学费是怎么花的。

"阿宗，这笔钱真的被小六用光啦。小六读高中以后，各种开销已经到了七百日元啦。"婶母回答。

接着，宗助又问到委托叔父代为保管的书画古董的下落。

"唉，那就甭提多倒霉啦！"婶母望着宗助的表情，"阿宗，怎么，这件事没有跟你说过吗？"

宗助回答说"没有"。

"哎呀呀，叔父怎么把这事给忘啦。"于是，婶母就把经过讲给他听。

宗助回广岛不久，叔父就把书画古董的拍卖事宜托付给一位姓真田的待人诚恳的人。听说这人精于此道，平生走南闯北，专为买卖书画古董而四处周旋。他欣然接受了叔父的委托，说甲先生希望要那个，想看一下货；又说乙先生希望要这个，让他过一下目吧。就这样，东西一拿去就再也没还回来。经再三催促，说什么买主还没有送来，再不然就支支吾吾搪塞一番，事情一直没有着落。后来看到实在拿不出东西来，那人不知躲到哪里去了。

"还剩下一架屏风，上次搬家的时候，阿安看到了还说过：'这是阿宗哥家的东西，等安顿好了，就还给他吧。'"

婶母似乎对宗助寄放的财物并非看得很重要，她淡然地说。宗助因为东西在这里放得久了，自己也没有多大的兴趣。婶母丝毫没有显露出由于受到良心的责备而感觉惭愧的表情。宗助望着她，也没有生气。

"阿宗，反正我们家用不着，怎么样？你还是拿回去吧。最近，听说这物件价钱涨得很高呢。"听到婶母这么一说，宗助打算把屏风带回家去。

从贮藏室把东西搬出来放到亮处一看，正是自己熟悉的那两扇屏风。下面密密麻麻地描画着胡枝子、桔梗、芒草、葛草和女萝；上面是一轮银色的圆月。在旁边的空白处题写着："野径月明女萝开，其一。[1]"宗助凑过去望望上面焦黑的银粉，望望被风吹得翻卷了的葛草叶子干枯的颜色，再凝神盯着红方框里抱一[2]斗大的行书落款，不由得想起父亲在世时的情景来。

每逢年关，父亲就把这架屏风从昏暗的仓库里搬出来，摆在大门口，前面放着紫檀木的名片箱子，用来接收亲友的贺年片。因为是喜庆日子，客厅的壁龛里一定会挂上双虎图。宗助至今还记得，父亲曾经给他讲过，这不是岸驹[3]所绘，而是出自岸岱[4]的手笔。画面上有一块墨迹。虎伸着舌头在山涧里喝水，鼻梁上沾了一些黑墨。父亲对此耿耿于怀，每见到宗助，

1　其一（1796—1858），江户末期画家，本名铃木元长，抱一的弟子。

2　酒井抱一（1761—1828），江户末期画家。

3　岸驹（1749—1838），江户后期画家。

4　岸岱（1785—1865），江户后期画家，岸驹的长子。

就说道："这是你小时候恶作剧涂上去的，还记得吗？"说罢露出一副又可笑又可气的表情来。

宗助坐在屏风前，回忆着自己在东京时的往事。

"婶母，我想把这架屏风带走。"

"好的好的，拿去吧，或许有些用处。"婶母好心好意地说。

当天宗助和婶母暂且就谈到这儿。回来后吃罢晚饭，宗助和阿米又来到廊子上，两人穿着白色的浴衣坐在暗地里，一边乘凉一边谈论着画的事。

"你没有见到阿安吗？"阿米问。

"啊，听说阿安礼拜六在工厂也一直要待到晚上。"

"可真够辛苦的。"阿米说道。她对叔父和婶母的处置没有加一句评论。

"小六的事总得想个办法吧？"宗助问。

"是啊。"阿米只应了一声。

"按道理，咱们是有充分理由的。要是计较起来，终究非打一场官司不行。可抓不到什么证据，官司也打不赢啊。"宗助想到了事情的极端。

"打不赢也没关系。"阿米马上应道。

"唉，都怪我那时候不能到东京来啊。"宗助打消了刚才的念头。

"等到能来东京的时候，这些事又变得无关紧要啦。"

夫妇两个说着说着，又从屋檐底下窥探一下狭长的天空，估摸一会儿明日的天气，随后钻进了蚊帐。

下个星期日，宗助把小六叫来，将婶母的话一五一十统统告诉了他。

"婶母没有详细对你讲过这些事，是因为你性子太火暴，还是觉得你仍然像个孩子有意瞒着你呢？这个我也弄不清。反正事实就是我说的那些。"宗助对小六说。

不管多么详细的说明，对于小六来说，心里总是感到不满意。

"是这样吗？"他带着不满的神色望着宗助。

"有什么法子呢，婶母也好，阿安也好，也都没有什么恶意呀。"

"这个我知道。"弟弟语气严峻。

"你以为都怪我吗？当然，我是不好。从过去到今天，我都是个一无是处的坏家伙。"

宗助躺下抽着烟，他再没有说什么。小六也闷声不响，凝望着立在客厅角落里的那两扇抱一作画的屏风。

"你还记得那屏风吗？"过一阵子，哥哥问。

"嗯。"小六应着。

"前天佐伯家送来的。父亲的遗物留在我手里的眼下就剩这一件了。如果能代替你交学费，我马上把屏风给你。不过，一架油漆剥落的屏风，也供不到你大学毕业呀。"宗助苦笑了一下，"这么热的天，还立着这玩意，看来简直像个疯子。但是没有地方放，有什么法子呢。"他道出了内心的苦衷。

哥哥这种乐观而又愚执的样子，和自己比起来相距甚远，小六对此一直很不满意。可是到了关键时刻，兄弟俩也绝吵不起架来。这时，小六似乎很快消了气，问道：

"屏风怎么处理都行，今后我怎么办？"

"问题就在这儿。要是能度过这一年就好啦。好好想想办法吧，我也考虑考虑。"宗助说。

弟弟最讨厌他这种含糊其词的样子。小六向他倾诉，在学校不能安心读书，回家没地方准备功课，对于这样的境遇他实在不堪忍受。宗助听了，态度依然如故。小六大发了一阵脾气。

"你对这些不满意，爱到哪里就到哪里去吧。休学也未尝不可。你比我前程远大啊！"

听到哥哥这么一说，小六顿时哑口无言，他只好回本乡[1]去了。

宗助洗了澡，吃完饭，晚上和阿米一起到附近去赶庙会。他们买了两盆鲜花，夫妻俩一人端着一盆走回家。说要让露水淋一淋最好，于是打开崖下那面挡雨窗，把两只花盆并排放在庭院里。

"小六的事怎么样啦？"

两人钻进蚊帐时，阿米问丈夫。

"还没有头绪。"宗助答道。十分钟后，夫妻俩渐渐入了梦乡。

第二天一觉醒来，又开始了机关的生活。宗助无暇考虑小六的事了，回家后即使能轻松一阵子，他也不愿把这个问题明明白白摆到眼前来细细琢磨。他那长满头发的脑瓜儿，经受不了这些烦乱的事情。过去，他喜爱数学，不论多么复杂的几何题，他都有耐心清晰地描画在自己的头脑里。每想起这些，他都感到有些畏惧，觉得时光带来的变化太剧烈了。

可是，小六的影子每天总有一次模模糊糊地出现在他的头

1　东京文京区的地名。

脑里。逢到这个时候，他也不得不考虑一下，这家伙将来究竟如何办才好。不过，常常一有了这个念头自己马上又打消了，觉得何必急着想这些事情呢。所以，在平时的生活中，总有一件心事使他不能安稳下来。

到了九月末尾，每天晚上，银河的星星都显得十分繁密。有一天天刚黑，安之助忽然从天而降。宗助和阿米出乎意料，把他当成了稀客。两个人捉摸着，他这回来准保有要紧事儿。果然，安之助谈起了小六。

据安之助说，最近小六突然到月岛工厂去了一趟。他说，关于自己学费的事，他从哥哥那里都详详细细地听说了。自己一直搞学问，到头来上不了大学是多么遗憾。他来找安之助商量商量，看能否想想办法借些钱，到他自己向往的地方去。安之助回答说，这事要跟宗哥谈谈。小六马上阻拦道，哥哥根本听不进他的话。因为哥哥一向认为，自己不能读到大学毕业，别人也只能中途辍学。本来，这件事的责任全在哥哥身上，可是他一直漠然置之，人家说什么他都不理睬。"能依靠的人只有你了。被婶母一本正经地拒绝之后再来求你，看来很可笑。然而你比婶母更了解我。所以我这才来找你。"小六向安之助诉说着，久久不肯离去。

安之助安慰小六说："没的事，阿宗哥对你很关心，最近会到我家来商量这件事的。"这才把小六打发走了。临走时，他从袖口里掏出好几张习字纸，说要用这个来写请假条，请安之助在上面盖个章。"在决定退学或继续读书之前，我无法学习下去，所以没有必要到学校去了。"他说。

安之助大概因为忙，谈了不到一个小时就回去了。对于小六，两人也没有提出具体的办法。临分手时只是说，找个时间大家一起商量商量，必要时可叫小六列席旁听。

"你在想些什么？"当剩下他们夫妇两个人时，阿米问宗助。

"我想学小六的样子。"宗助把两手插在腰带里，微微耸着肩膀说，"我一直担心他要陷入和我同样的命运，可他自大得很，眼里根本没有我这个哥哥。"

阿米收拾好茶具进了厨房。夫妇俩谈到这里，接着就铺床睡觉。清冷的银河高悬在天空，两人不久都进入了梦乡。

下一周，小六没有来，佐伯家那边也没有音信，宗助的家里又恢复了往常的宁静。夫妇俩每天露珠一发亮就起来，看着明丽的阳光照在屋檐上。晚上，他俩坐在油灯两旁，这油灯放置在被煤烟熏黑的竹筒上，映出了长长的人影。每当谈话停歇时，总是各自沉默一阵子，静心地听着挂钟摆动的声响。

夫妇俩又谈起了小六的事。小六如果打算继续读书当然不用说了，即使辍学，他也得暂时搬出眼下寄居的旅馆。此后，他要么回佐伯家，要么到宗助这里来，别无其他去处。佐伯家里虽然那么说了，可只要拜托他们，还会乐意让小六住下的。但是，小六如果继续上学，他的学费、零花钱应当由宗助负担，否则就不近情理。然而，宗助在经济上又支持不了。夫妇俩将每月的收支精打细算了一下。

"到底还是不行啊。"

"看来总有点勉强哩。"

夫妇俩所在的茶室的隔壁就是厨房，厨房右侧是女佣的房间，左边还有六铺席大的屋子。他家人口不多，连女佣算在内才三口，阿米觉得这六铺席用不着，所以东边的窗户下面一直放着自己的梳妆台。宗助早上起来洗完脸吃罢饭，也到这里更换衣服。

"不如把那六铺席腾出来，让小六住进去。"阿米说。照她的想法，住处和伙食由自家承担，其余诸项的开销，每月由佐伯家资助。这样，就可以把小六供到大学毕业。

"至于衣服的问题，可以把阿安和你穿剩的旧衣服改一改，送给小六穿，就可以凑合啦。"阿米补充说。

其实，宗助的头脑里也早有这个主意，不过，当着阿米的面不便开口。再者，他也不太情愿这样说出来。这回妻子却主动提出来和他商量，他当然没有勇气拒绝了。

于是写信通知小六说，只要他同意，宗助就到佐伯家里商量一下。小六接到信的当天晚上就打着伞，冒着哗哗的大雨赶来了。他显得很高兴，仿佛学费问题已经解决了。

"婶母这个人，以为我们家一直对你的事不闻不问，所以说了那么多话。哥哥这里要是手头稍微宽裕一点，也早就给你办啦。你知道的，实在没法子呀！只要我们去说说情况，婶母也好，阿安也好，他们不会说个'不'字的。事情一定能成，你就请放心吧，包在我身上啦。"

小六得到了阿米的担保，又冒着哗哗的大雨回本乡去了。中间隔了一天，他来问哥哥怎么没有去。又过了三天，他跑到婶母那里听说哥哥仍然没有去。所以这回他又来催促哥哥尽早去一趟。

宗助嘴里说着"去、去"，日子一天天过去了，不觉时令已到秋季。在这个晴朗的礼拜天下午，宗助想起时间拖得太久了，就给佐伯家写了封信，提出要到番町去商谈这件事情。谁知婶母回信说，安之助到神户去了，不在家。

五

　　佐伯家的婶母来访，是礼拜六下午两点钟光景。这天和往常不一样，一大早天上就布满了阴云，气候突然变冷，像刮了一场北风。婶母在竹编的圆火盆上烤着手说：

　　"我说阿米，这房子夏天里荫凉倒还好，可往后就要冷了呀。"

　　婶母鬈曲的头发，绾着光亮的发髻，穿着外褂，前胸上打着古典式样的圆形纽扣。她生性喜欢喝酒，至今晚饭时都要来上一点。所以她气色好，肥肥胖胖的，显得很年轻，同她的年龄不大相符。每当婶母来，阿米过后总要跟宗助说："婶母真年轻！"宗助便对她说："当然年轻啦，要知道，她那么大年纪，就只生过一个孩子啊。"阿米想，也许是这样吧。她听到丈夫这么一说，就特意偷偷跑到六铺席的屋子里，对着镜子照照自己的脸。她看到自己的双颊眼见着瘦削了，就联想起自己和孩子来，没有比这更使阿米伤心的事了。后头房东家，小孩子一大群，他们在崖上的庭院里又荡秋千，又玩摸瞎子游戏，嬉嬉闹闹，听得十分清楚。阿米每逢这种时候，心里总感到怨恨难平。如今，端坐在自己面前的婶母，只生过一个男孩子，这孩子成长顺利，已成了一名优秀的学士。所以，尽管叔父已经死去，婶母也显得心满意足，腮帮子上的肌肉都丰厚得成了双重。安之助常常为母亲的肥胖而提心吊胆，生怕她不小心得了中风症。照阿米看来，终日为母亲担惊受怕的安之助也罢，时时叫儿子放心不下的婶母也罢，他们都是有福之人。

"阿安兄弟呢？"阿米问。

"啊，他呀，前天晚上才回来。很长时间没回个信儿，实在有些对不起。"婶母把写信的事儿提了一句，话题又转到安之助身上。

"他好不容易从学校里毕业了，最要紧的是今后怎么办，我正担心来着。他九月份就要到月岛工厂去。我想，只要照这样好好用功，到头来不会吃亏的。不过，青年人的事，天晓得将来会有什么变化。"

阿米听着，间或插上一句："这太好啦！""真叫人高兴啊！"

"他嫂子，这回他到神户是去办理一件要紧事儿。听说要把柴油发动机什么的，装在松鱼船上。"

阿米简直不得要领。虽说听不懂，也只得"是啊、是啊"地应和着。婶母马上接着说下去：

"我也不清楚究竟是怎么回事。听安之助解释，我才恍然大悟。可什么是柴油发动机，我现在还是弄不明白。"她一边说，一边大声笑起来。"听说是烧石油的机器，能够使船自由走动，看来倒是个宝贝哩。装上这个，可以不用费力摇橹了。

要是出海，有个百八十里的，用不着发愁。你知道在全日本这种松鱼船为数不少，要是都能安上这样的机器，那该获得多大的好处啊！最近一个时期，他做梦都记挂着这事儿。有人笑话他，能赚大钱当然很好，可是为这事费心思，弄坏了身体就不划算啦。"

婶母一个劲儿地谈论着松鱼船和安之助的事。她的神色显得十分得意，再也不提小六了。平常，这时宗助早该下班了，今儿不知怎的，到现在还不见他回家。

这天，宗助从机关回来，乘电车到骏河台下车站下了车，嘴里像含着酸果一般鼓着腮走过了两三条街，钻进一位牙科医生的大门。三四天之前，他和阿米面对面坐着吃晚饭，一边说闲话儿，一边用筷子夹菜吃。不知怎的，一不小心硌着了，门牙顿时感到钻心的疼痛。用指头一扳，齿根摇摇晃晃的。吃饭时喝热茶就疼，张口呼吸又怵冷风。这天，宗助早晨刷牙，特地避开疼处。他用牙签剔牙时，用镜子照了照口腔，发现在广岛镶银的两颗臼齿和磨损得高低不平的门齿，闪着寒光。

"阿米，我的牙齿很不妙，这样一摇都在活动哩！"他换上西服，用手指扳了扳下边的牙齿说。

"已经上了岁数了呀！"阿米微笑着，帮助丈夫把白色的衣领翻转在衬衫上。

当天下午，宗助决心去找牙科医生。他走进候诊室，看见大圆桌周围并排放着天鹅绒椅子，上面坐着三四个人，面颊几乎埋进了衣领。病人全是女的。漂亮的茶色瓦斯炉上尚未点火。宗助朝大穿衣镜里映照出来的白墙斜睨了一下，便等着挨号儿。他有些无聊，看了看圆桌上堆放的杂志，顺手拿了几本翻了翻，全是有关妇女的东西。宗助反复翻看着前几页的女人照片。接着又抄起一本名叫《成功》[1]的杂志。开头有几段文字，写的都是"成功的秘诀"之类的内容。有一条说，凡事都得勇往直前。另有一条又说，光是勇往直前还不行，必须立足于坚固的基础之上。宗助读罢随即合上了。"成功"二字本和宗助无缘，他更不知道有用这两个字命名的杂志。因此，他带着几分好奇，刚合上又打开来。这当儿，他突然看到有两行方块字写的诗，中间没有夹杂一个日文字母。诗云："风吹碧落浮云尽，月上东山玉一团。"宗助这个人本来对诗呀歌的毫无兴趣，谁知读罢这两句，却十分佩服。他所感动的不在于这两句诗对仗工稳，而是使他想到如果人的心情也能变得同这景色一致，人生倒也有些意思。于是，他的心为之一动。宗助好奇地读了读这两句诗前面的文字，觉得似乎同诗毫无关系。放下杂志以后，唯有这两句诗时时在他头脑里萦绕。实际上，在他的生活中，这四五年来从未遇到过这样美丽的景色。

这时，对面的房门打开了，手持纸条的见习生招呼了一声"野中先生"，把宗助叫到了手术室。

走到里面一看，比外头的候诊室还要宽敞一倍，光线十分充足，照得房内亮堂堂的。两旁摆着四张手术座椅，两个穿着白大褂的男子，正分别给患者诊病。宗助被领到最里面的一张座椅跟前，他听说就在这儿，便登上踏板，坐到椅子上。见习生用一件厚厚的花条儿围裙，从膝盖以下紧紧地裹住了他的小腿。

1　创刊于 1898 年。

当他静静地躺下的时候，发觉那颗牙齿不怎么痛了。而且，肩膀、脊背和腰部也都心安理得，跟着一起舒服起来。他仰着身子，望着吊在天花板上的煤气管。他琢磨着，这样的装备和摆设，收的医药费也许比他原先预想的要高。

这时，一个面孔显得年轻而头发却十分稀疏的肥胖男人走过来，他向宗助客气地打了声招呼，宗助在椅子上狼狈地动了动脑袋。胖医生先问了问他的身体状况，接着检查口腔。他把宗助那颗疼的牙摇了摇。

"这颗牙一松动就不容易恢复原样了，因为里面已经出现了坏疽。"

这个宣告对于宗助来说，就像秋日的景色一般叫人倍感寂寥。他想问问是否因为年龄大了的缘故，但始终没好意思开口。

"这么说，好不了啦，是吗？"他又追问了一句。

胖医生笑了笑，说：

"我只能告诉你是好不了啦。实在不行，可以拔掉，不过现在还不到时候。我先给你止止痛好了。我说坏疽，你也许不懂，就是说里头烂了。"

宗助只得随口答应着，一切听从胖医生摆布。那人咕噜咕噜地开动了机器，在宗助的牙根部打开一个洞，插进像针一般细长的东西，然后拔出尖端闻了闻。随后抽出一根丝状物给宗助看，告诉他这就是牙神经，已经取出来了。接着把药填进洞里，叮嘱他明日再来复诊。

宗助从椅子上下来，站直了身子，自然而然地将视线从天花板转向庭院。一根五尺多高的大盆栽松树映入宗助的眼帘。

一个脚穿草鞋的花匠，正在用蒲草仔细地包扎松树的根部。他想起快到露寒霜冷的时节了，闲着的人已经着手做过冬的准备了。

临走之前，宗助到门口取了含漱散。司药告诉他，要用一百倍的温开水溶解，每日漱口十几次。然后他又到会计那儿结了账。宗助十分高兴，因为医药费出乎意料地便宜。他想，正像对方所说的那样，到这里跑四五次，也不会太犯难的。他穿鞋时发现，不知什么时候鞋底已经磨穿了。

回到家以后，婶母早已先走了一步。

"唔，已经走啦。"宗助显得挺麻烦地换去了西装，像平时一样坐到了火盆旁。

阿米抱着衬衣、裤子和袜子走进六铺席的房间。宗助默默地抽着香烟，听到对面房里传来了用刷子刷衣服的声音。

"阿米，佐伯家的婶母都说什么来着？"他问。

牙痛自然地好些了，他那像秋日一般阴冷的心情也稍微变好了。阿米把他衣袋里的药粉掏出来溶在温开水里。宗助不断地用药水漱着口。此时，他正站在廊子上。

"天好像变短了。"

不多一会儿，太阳落山了。这条街白天就很少听到车子的声音，天一黑下来，周围更是寂静无声。夫妇俩坐在那盏油灯下，偌大世界，仿佛只有他们坐着的地方才是光明的。在明晃晃的灯影里，宗助只想着阿米，阿米也只想着宗助，至于灯光照不到的那个黑暗的社会，全给忘却了。他们每天晚上都是这样度过的，似乎从这里找到了自己生命的归宿。

这对喜欢闲静的夫妻，一边摇晃着安之助从神户买来的长寿海带罐头，从里面拣出沾满胡椒粉的小块儿，一边随意谈论起佐伯家的回话来。

"他们愿意不愿意负担小六每月的费用和零花钱？"

"看来不行，他说两项加在一起就是十日元，这笔整数要是按月给实在有困难。"

"到年末也就是四十来日元，这还负担不了吗？"

"所以阿安说了，再困难也要负担到十二月。那以后的叫我们想办法。"

"这么说，他还是不答应啰？"

"我也弄不清他们的意图，反正婶母是这么讲的。"

"要是松鱼船赚了大钱，这还不是点小意思！"

"可不是嘛。"

阿米低声笑了。宗助微微翕动一下嘴唇，话题就到此打住。

"看来只好让小六住到家里来了，此外没有别的办法，以后的事再说吧。他现在到学校里去了吗？"

"大概去了。"

宗助听罢阿米的回答，又进入书斋。最近他很少到这里来。过了一个小时的光景，阿米悄悄地打开隔扇望了望，他正在桌前读着什么。

"在用功吗？也该休息休息啦。"听到阿米的劝说，他回过头去。

"嗯，睡觉吧。"他回答着站起身来。

睡觉的时候，宗助脱下衣服，在被子上咕噜咕噜地卷着腰带儿，说：

"今晚读了《论语》，好久没看啦。"

"《论语》上都说了些什么？"阿米问。

"不，什么也没有。"接着又说，"喂，我的牙痛还是因为年岁大的缘故啊。牙齿晃动听说是没法治啦。"说罢，他那满头黑发便落到了枕头上。

六

最后总算商定，一旦方便，小六就迁出旅馆搬到哥哥家里。阿米望着放在六铺席房间里的桑木梳妆台，显得有些舍不得。

"这么一来，地方更狭窄啦。"阿米向宗助诉起苦来。的确，要是腾出这间房子，阿米便没有梳妆的地方了。宗助也想不出什么好办法，他站在那儿斜睨着靠在对面窗前的镜子，正巧阿米从领口到半个脸孔都映在镜子里。看到她那没有血色的面孔，宗助大吃一惊。

"你怎么啦？气色不妙啊！"宗助的眼睛离开镜面，望着阿米的姿影。只见她的鬓角乱蓬蓬的，领子后头沾了些油污。

"可能是天冷的缘故。"她淡然地回答，随即打开了西边那只壁橱。下面是千疮百孔的衣柜，上面堆放着两三个木箱和柳条包。

"这些东西实在没处放呀。"

"就那么摆着好啦。"

小六搬到这里来，单从这一点看，会给宗助夫妇多少带来一些麻烦。所以，对已经决定住到家里来，但至今尚未搬迁的小六也不特别加以催促。似乎多拖延一天也好，这样可以减少一天的麻烦。小六也有同样的顾虑，心想住在旅馆里反倒方便些。所以搬家的日子一拖再拖。尽管这样，从他的脾气来讲，不像哥嫂一样，这样拖下去，心里总感到不踏实。

不觉之间到了下霜的时节了，院里的芭蕉经微霜一打，叶子全蔫巴了。清早，崖上房东家里，鹁鸟发出尖厉的鸣声。黄昏，卖豆腐的吹着喇叭打外面急急走过，还能听到圆明寺敲木鱼的声音。天越来越短。阿米的脸色比宗助在镜子里看到的更加忧郁。丈夫从机关下班回来，有一两次看到她躺在六铺席的房子里。问她怎么了，她只是回答心绪不好。劝她找医生看看，她推说用不着，根本不当一回事。

宗助担心起来，他去上班也总记挂着阿米，有时甚至影响了自己的工作。有一天下班回来，他在电车上突然醒悟似的拍了一下大腿。那天，他特别用力地拉开格子门，兴冲冲地问阿米怎么样了。阿米像往常一样收拾好衣服鞋袜，走进六铺席的房子。

"阿米，是不是怀孩子啦？"宗助追出来笑着问。

阿米没有吱声，她低着头不住地刷丈夫西服上的尘土。刷衣服的声音停了好久，也不见她出来。宗助又过去一看，昏暗的房子里，阿米独自一人正寒战战地坐在梳妆台前。她答应一声站起，听得出，那声音里似乎带着眼泪。

当晚，夫妇俩相对坐在火盆旁边，各自用手抚摩着吊在火盆上的水壶。

"这个世界你看怎么样？"宗助说话的声调非常兴奋。

阿米的脑子里清晰地浮现出他们尚未结成夫妇之前的两个人的身影。

"让日子稍微快活些吧，最近总是不大景气啊。"宗助又说。

两人商量这个星期天一块儿到什么地方去玩。接着话题又扯到了过年开春穿什么衣服。宗助说，他有个同事名叫高木的，当妻子硬要穿窄袖和服的时候，他就反对说，自己并不是为了满足老婆的虚荣心才工作的。妻子辩解道，看说到哪儿去了。实际上到了冬天，连件防寒的衣服都没有啊。他就回答道，要是天冷，就披披被子或毛毯什么的也能凑合着过。宗助一遍又一遍地讲述着这件趣事，逗得阿米不住地发笑。阿米看到丈夫的这副模样，眼前又浮现出昔日的情景。

"高木的妻子可以披铺盖卷，我倒想做一件新外套哩。上回我在牙科医生家里，看到花匠用蒲草包扎盆里的松树，当时就产生了这个念头"。

"你想添一件外套？"

"嗯"。

"那就买吧，按月付款。"阿米望着丈夫的脸，爱怜地说。

"还是算了吧。"宗助有些凄然，他急忙回答。接着就问，"小六究竟什么时候来呀？"

"想是他不愿意来吧？"阿米说。

当初，阿米发现小六有些讨厌自己。不过她想到小六毕竟是丈夫的弟弟，有些事尽量包涵着，总是主动地同他亲近。过去，阿米一直是这样对待小六的。谁知今天却和以前不同了，她虽然相信自己和小六之间只有着叔嫂的一般感情，然而事到如今，说不定会引起小六的猜疑。她认为小六之所以不肯搬来的唯一原因，就在她身上。

"他是不想从旅馆搬到这地方来了。咱们感到不便，他也感到别扭。要是小六不来的话，我就下决心做件外套穿穿，这样的勇气我还是有的，不过……"

宗助不愧是个男子汉，他到底说出了这样的话。可是，光这么说还不能宽慰阿米的心。阿米默不作声，好大一会儿把细嫩的下巴埋在衣领内，翻翻眼珠问道：

"小六兄弟还在讨厌我吗？"

宗助来东京之后，阿米时常向他提出类似的问题。每次宗助都费了不少力气好言劝慰她。近来，她不再提了，好像已经忘却。宗助也没有再把这事放在心上。

"你又发神经啦？不管小六怎么样，只要我喜欢你不就行了？"

"《论语》上是这样写的吗？"阿米就是这样的女人，在这时候倒很会开玩笑。

"嗯，是这样写的。"宗助应道。于是两人的谈话就此结束。

第二天，宗助一醒来就听见葺着马口铁的房檐上响着雨声，令人泛起寒意。阿米肩上斜盘着衣带，走到他的枕边。

"哎，到时间啦！"她提醒丈夫。宗助听着外面滴滴答答的响声，本想在热被窝里多焐一会儿。当他一看到气色不正的阿米辛勤劳作的身影，就一下子坐了起来。

"唔。"

外面雨雾苍茫，山崖上的斑竹，在风雨吹打下，时时摆动着枝叶。宗助要在这凄清的天气里冒着冷雨去上班，只能靠热酱汤和热米饭给他增加力量了。

"鞋又要湿透了，看来没有两双是不行的。"宗助只好穿起那双底上磨出小洞的鞋子，把裤腿脚向上卷了卷。

午后回家一看，阿米把抹布浸在金属脸盆里，放在六铺席房子里的梳妆台旁边，正上方的天花板变了颜色，不时落下水滴来。

"不光鞋透了，连房子也漏雨了。"宗助苦笑着说。

当晚，阿米给丈夫的被炉里生上火，又把那双细羊毛袜和花呢西装裤烤干。

第二天还是下雨，夫妻两人重复做着同样的事情。第三天雨仍然没有停。这天一早，宗助皱起眉头，咂咂嘴巴。

"到底要下到哪年哪月呀？鞋子透湿，叫我怎么穿。"

"六铺席房子漏雨啦。真急人哩！"

夫妻俩商量了一下，决定去找房东，要求天一晴就修缮屋顶。不过鞋是没办法了。宗助穿着那双经水泡过后变得窄小的鞋子出门了。

幸好，那天过了十一点，天忽然放晴了，头上鸟雀欢叫，正是小阳春天气。宗助回来的时候，看到阿米的脸色比平时显得明朗。

"你说，咱们不能把那架屏风卖了吗？"她突然问道。

那架抱一作画的屏风，从佐伯家接收过来之后，原样不动地立在书斋的一隅，一共两折，从放的位置和书斋的面积来看，可以说是多余的摆设。放在南面吧，把大门的进口处堵塞了一半，挪到东边又遮蔽光线，立在剩下的那面时又挡住了壁龛。

"想到是老子留下的纪念品，我才特地索要回来，谁知倒成了累赘。"宗助曾不止一次地嘀咕。

阿米凝视着那轮银色的圆月和那从绢织画面上很难区分开来的芒草的颜色，似乎很不理解为啥有人如此珍重它。然而她又不好明白地说出来。只是追问了一句：

"这也是一幅高贵的画吗？"

每当这时，宗助就给阿米讲起抱一的名望来。其实，他只是好歹重复着昔日从父亲那里听到的话。有些事儿他还朦胧地留在记忆里。至于这幅画的价值和抱一的详细阅历，宗助也闹不清楚。

然而，这件事却引起了阿米的兴趣，促使她产生了一次奇妙的举动。想起过去一个星期来同丈夫的谈话，结合已经掌握的知识，她思考了一下，微笑了。这天雨住了，阳光骤然照射到茶室的格子门上。阿米在日常穿的便服外面，又套上一件颜色鲜亮的不像披肩也不像围巾的毛织物，便外出了。穿过马路，从两条街拐过电车路一直走过去，在干货店和面包房之间，有一家相当大的旧家具店。阿米记得曾经在这里购买过折叠饭桌。现在挂在火盆上的水壶，也是宗助从这家商店提回家的。

阿米袖着手在家具店前面站了好半天。一看，店里依然摆着许多崭新的水壶。此外，也许是应冬令之需吧，最显眼的要数那堆积如山的火盆了。不过，没有一样堪称古董的东西。正对面挂着一副人所不识的大龟甲，下面拖着灰黄的长拂子，像尾巴一般。此外，还陈列着一两只紫檀木的茶具柜，做工看起来十分粗糙。然而，阿米的眼睛一直没有注意这些，她走进店里，亲眼看到这里确实没有一幅挂轴和一架屏风。

不用说，阿米之所以到这里来，是想特地估摸一下那架从佐伯家要来的屏风究竟能卖多大的价钱。从到广岛的时候起，大凡这种事儿，她也积累了不少经验，所以，她并没有像一般主妇那样费什么力犯什么难，一狠心就同店老板攀谈上了。店老板五十上下，是个肤色黝黑、面孔瘦削的男子。他佩戴着像是用龟甲的裙边做的偌大的眼镜，一边看报，一边把手伸向满是疙瘩的青铜火盆烤着火。

"是啊，可以去看看货色。"他轻描淡写地应了一声，看来兴趣不大。阿米暗暗有些失望，不过自己到这里来也没有抱多大的希望，既然对方一口应允了，就恳求他去看一看。

"行，回头再去吧，眼下店里的伙计不在家呀。"

听罢这句十分简慢的答话，阿米回到家中。她心里非常怀疑家具店是否会派人来。像寻常一样，她一个人草草地吃完饭，吩咐阿清撤了饭盘。就在这时候，忽然有人大声问："有人吗？"一看是家具商从大门进来了。那人进了客厅，看了看那架屏风："噢，是这样的。"他用手摸了摸边缘和背面。

"要想卖……"他想了想，似乎很勉强地定了个价钱，"就算六日元好了。"

阿米以为家具店的行情总是很公道的。但是，她又说自己不愿意太专断了，得等宗助回来告诉他一声。再说，这东西历史久远，更要慎重，这些都得和宗助商议好才能定下来。阿米就这样把家具商打发走了。

"好，难为夫人特地跑了一趟，我再添一日元。这总可以卖了吧？"家具商临走时说。

"不过，掌柜的，那可是抱一的画呀！"阿米回答，心里直打鼓。

"抱一近来不吃香啦。"家具商淡然地说。接着，他又盯着阿米瞧了一阵子，"好吧，回头好好商量一下看。"说罢就走了。

阿米把当时的情形详详细细说了一遍，随后天真地问：

"真的不能卖吗？"

近来，宗助的头脑里不住地考虑着对于物质的需求。只是由于过惯了清苦的日子，对于眼下的贫困生活心安理得，每月除了固定收入之外，根本不想指望什么外快来改善一下现状。当他听到妻子的一席话，对阿米的聪敏、机智感到十分震惊，同时又怀疑这样做是否有必要。问问阿米的打算，原来她想把屏风卖了换回不到十日元，给宗助买双新鞋，另外还够买两丈多丝绸。宗助也觉得有道理。他把先父传下来的抱一作画的屏风姑且放在一边，然后把新鞋和丝绸同它两相比较了一下，想了想，感到用架屏风去换这两样东西，实在有些滑稽可笑。

"卖就卖吧，放在家里也招麻烦。可用不着给我买鞋，要是都像前几天老下雨，我倒没办法。不过天气已经变好啦。"

"要是再下就糟啦。"

宗助当然无法对阿米保证永远都是晴天，阿米也不好硬要叫宗助在下雨之前把屏风卖掉。两个人相视而笑。

"你是嫌太便宜了吧。"阿米问。

"是啊。"宗助回答。

一听说价钱便宜，他便有了同感。如果有人愿意买，只要买主肯出个什么价，他就想卖个什么价。他从报纸上看到过近来古董书画类在市场上的标价很高。他想，要是有一幅这样的书画就好了。然而在自己的生活范围里从未得到过这样的东西，他有些气馁。

"生意要靠买主，也要靠卖主。不管什么样的名画，一旦到了我的手里，就卖不出高价来了。不过只卖七八日元，这太便宜啦。"

宗助一方面为抱一作画的屏风鸣不平，另一方面，在语气上又为家具商辩护。唯有自己，似乎没有任何值得辩护的理由，阿米也显得有些提不起劲来。关于屏风的事就谈到了这里。

第二天，宗助上班时把这事对同事们讲了。于是大家异口同声地说，这样太不值钱了。但谁也不愿意从中斡旋以便卖个好价。也没有人指给他一个路子或教给他一个好办法以免吃这么大的亏。宗助只能到家具店去出售屏风，再不然就原封不动地摆在客厅里，不管它碍手还是碍脚。于是，他依旧放置在客厅里了。谁知，家具商又来了，这回愿意出十五日元买那架屏风。夫妇俩相视而笑，说暂且不卖，再等等看，于是又搁下了。不久，家具商又来了，还是没有卖。阿米心眼儿也多了起来。到了第四次，家具商带来了一个素不相识的男子，和他商谈之后，出了三十五日元的高价，夫妇俩站着合计了一会儿，终于下决心把屏风卖掉了。

七

圆明寺的杉树越发变得又黑又红。天气好的时候，在那被风吹得十分明净的天际，可以看到白雪如带的险峻的山峦。气候渐渐寒冷起来，似乎每天都在威逼着宗助夫妇。清晨，门口总少不了叫卖五香豆的人走过。那声音使人联想起瓦楞上的严霜。宗助躺在床上倾听着，他想到冬天已经来临了。阿米待在厨房里，心里一直记挂着水龙头，如果能像去年一样，不冻住就好了。每年年末到第二年开春，她总是为这事操心。夜晚，夫妇俩一起抱着被炉睡觉，不由得使人羡慕起广岛和福冈的和暖的冬季来。

"咱们跟前面的本多先生完全一样。"阿米笑了。她所说的本多，是一对退了休的夫妇，租住着坂井家的房子，和宗助夫妇在同一个大院里。他家里使唤一名使女，从早到晚，无声无息地过着宁静的生活。阿米一个人在茶室里做针线时，常常听到叫"老爷子",那是本多老太太呼唤自己的丈夫。她每逢在门口碰见阿米,总是客客气气地问候一番,邀阿米进去说说话儿。可是,阿米既没有去过她家里,对方也没有来访过。因此,夫妇俩对于这位本多先生所知甚少。只是听说他家还有一个儿子,在朝鲜统监府[1]里做大官。阿米从一个常来常往的商人嘴里得知,这对老夫妻的儿子月月都寄来生活费,日子过得很快活。

"老爷子还爱摆弄花儿吗?"

"天渐渐变冷,他已经停下了,廊缘上放着好多花盆哩。"

随后,话题便由前院里的住户转到了房东那里。这一家人和本多家正相反,在宗助夫妇眼里,这是个十分热闹的家庭。近来,由于庭院荒凉,成群的孩子们不再到崖上吵闹了。每晚都能听到弹奏钢琴的声音。有时不知是女佣还是什么人,常常在厨房里放声大笑,声音一直传到宗助的茶室。

"那家男人究竟是干什么的?"宗助问。过去,他曾好几次拿这个问题问阿米。

"他有宅邸房产,成天价闲着,什么也不干。"这样的回答,阿米迄今不知向宗助说过多少遍了。

宗助对坂井家的事再没有深入打听过。离开学校那阵子,一碰见那些万事如意、扬扬自得的人,他心里就不服气,暗想咱们走着瞧。不久,就转化为纯粹的憎恶。然而,这一两年来,宗助对人世的差别完全麻木了。他只是认为自己生来就被决定了道路,而别人是带着好运气来到这个世界上的,双方从

1　1905 年,根据《日韩协约》的规定,日本政府在朝鲜设置的代表机构。

一开始就不属于同一类人，除了有作为人的求生欲望之外，他们之间没有任何往来和利害关系。偶尔聊起天来，有时也想问问这些人到底干些什么，不过又觉得打听这样的事儿白费力气，是自寻烦恼。阿米心里也是这种想法。但是今天夜里倒不寻常，他们谈了不少事情。什么坂井家老板是个四十岁还不长胡子的人啦，弹钢琴的是他家十二三岁的头生女儿啦；什么外边的孩子到他家去玩也不让荡秋千啦，等等。

"为什么不给外面的孩子荡秋千？"

"还不是吝啬，怕坏得快呗。"

宗助笑了。他想，这种悭吝的房东，怎么会一听说房屋漏雨就马上派泥水匠来，一听说花墙毁坏就立刻叫花匠来修整呢？这不是自相矛盾吗？

当晚，宗助的梦境里，既没有出现本多家的花盆，也没有出现坂井家的秋千。他十点半就寝，像一个对万事都厌倦的人一样，只顾打着呼噜。阿米因为头疼，翻来覆去睡不着。她不时睁开眼睛，凝望着昏暗的房间，壁龛里摆着一盏油灯，灯光很小，夫妇俩有着点灯睡觉的习惯。上床前，总是把灯芯儿拧得细细的，安放在这里。

阿米似乎听到了什么声音，她挪了挪枕头，下边的肩膀从褥子上滑落下来。她俯伏在席子上，曲着两只胳膊，对着丈夫望了好一阵。然后起来，拿过搭在铺盖一头的衣服，披在睡衣外面，端起了壁龛里的油灯。

"你醒醒，醒醒！"她来到宗助的枕边，躬下身来喊道。丈夫已经不打鼾了。但是还像原来一般昏睡，呼呼地喘着气。阿米又站起来，端着油灯，打开隔扇进入茶室。黑洞洞的屋子被手里的灯光照得模模糊糊的。阿米看到了衣橱上发出微弱光亮的环子。穿过茶室来到烟火熏黑的厨房，只有格子门上的白纸看得分明。阿米在没有一点火气的厨房内伫立了一会儿，又悄无声息地拉开右手女佣的房门。她来到里面，遮住油灯，看到女佣像地老鼠一般蜷伏在花色暗淡的被子里。接着她又瞥了一眼左手那间六铺席房子。屋内空荡荡的，那架梳妆台依旧放在原地，镜面在暗夜里闪射着耀眼的寒光。

阿米在家里转悠了一圈，看到一切东西都没有什么变化，就又回来躺下了。她渐渐感到眼睛发困。这回总算好，她觉得没有什么心事了，只一会儿就昏昏入睡了。

不久，阿米又蓦然睁开眼，她好像在枕头上听到"扑通"一声。她推开枕头想了想，认定这是什么重的东西，从山崖跌落到卧室的廊缘上了。她觉得自己醒来之前听到的响声，绝不是梦的延续。想到这里她顿时有些胆怯起来。于是，阿米拽了拽躺在身旁的丈夫身上的被子，一个劲儿地催他起来。

"你快起来一下！"

宗助一直睡得很香，经阿米一摇，迅速睁开眼睛，似乎仍在梦中。

"嗯，好的。"他立即在床上坐了起来。

阿米低声告诉他刚才发生的情况。

"声音只响了一次吗？"

"刚刚才响过呀。"

两人又沉默了，静静地凝听着外面的动静。然而，万籁俱寂，不论怎样竖起耳朵，也没有再听到东西坠落的声音。宗助一边嘴里喊冷，一边把外套披在睡衣外面，走出廊子，打开一扇挡雨窗。外边什么也看不见，黑暗中只有一阵阵寒气袭来，侵入肌肤。宗助马上关上门，然后上了锁回到卧室，又立即钻进了被窝。

"什么事也没有，大概是你做梦吧？"宗助躺下以后说。

阿米极力辩解，说绝不是做梦，头顶上确实有过很大的响声。

宗助从被子里露出半个脸孔，转向阿米说：

"阿米，你神经过敏，最近有些反常。你首先要睡得好，休息休息脑子。"

这时，里间屋子的挂钟敲了两点。这声音打断了两人的谈话，各自都沉默不语。夜越发静寂了。他俩睁着眼，都未能马上入睡。

"你倒挺自在，躺下不要十分钟就睡着了。"阿米说。

"我是容易入睡，不过不是因为心里自在，而是太疲倦了。"宗助回答。

谈着谈着，宗助睡着了。阿米依旧在床上不停地翻动着。忽然，外面响起了辘辘的车声。近来，阿米时常被黎明前的这种车声惊醒。于是她便想到快天亮了，准是那辆每天清晨都要打门前通过的车子又来了。大概是牛奶车的响声，似乎走得很急速。听到车声就等于天快放亮，邻居家也有响动了。想到这里，阿米的心里更踏实了。不一会传来了鸡啼。再过些时候，有人打门前通过，发出清脆的木屐声，好像是女佣阿清打开房门到厕所去了。不久她又来到茶室，似乎看了看挂钟。壁龛里的灯油越来越少，由于灯芯太短吸不上来，使得阿米躺着的地方显得黑乎乎的。这时候，阿清手里的灯光从隔扇缝里照了进来。

“阿清吗？”阿米喊了一声。

阿清第一个起床。过了半个钟头，阿米起来了。又过了半个钟头，宗助也起来了。平常，阿米总是不早不晚叫醒宗助："到时候啦！"逢到礼拜日或过节，就招呼一声："快起来吧。"然而今天他由于记挂着夜里的事，没等阿米来叫就离开了床头，接着就去打开崖下的挡雨窗。

他向下一看，寒森森的竹子寂然不动地锁在早晨的雾气里。朝阳映照着竹梢，融化了枝叶上的寒霜。崖下二尺许的陡坡上，枯草奇怪地剥落了下来，露出新鲜的红土层。宗助有些惊讶。他从这里顺着坡面一直向下瞧，发现自己站立的廊缘下泥土地上的白霜被踩过了。宗助以为这可能是一条大狗从山崖上掉下来造成的，然而转念又想，狗再大，也不会践踏得这样厉害。

宗助从门口提来木屐穿上，立刻走到院子里。厕所就在走廊尽头，向外侧拐了一道弯儿，使得崖下通向后院的道路更加狭窄了。每当清洁工来的时候，阿米总是担心着这个拐角处。

“那地方要是再宽绰些就好啦。”看到她那忧心忡忡的样子，宗助时常发笑。

穿过这里，就是连着厨房的笔直的小路。原来有一道枯枝交错的杉墙将这边同毗邻的庭院隔开来。前些日子，整修房子时，把千疮百孔的杉墙全都拆除了。如今用一面多层板壁将两边隔开，一直连到后门口。由于日照不好，再加上雨水老是顺着竹筒流下来，每逢夏天，这里就长满了秋海棠。到了旺季，绿叶簇簇，葱茏茂密，连道路都堵塞住了。搬来的第一年，宗助和阿米看到这种情景十分惊奇。这些秋海棠在杉墙拆除之

69

前，就长年日久在地下繁衍滋生。今天，古老的房子坍塌了，每逢时令一到，它照样长出嫩芽来。

"多么可爱呀！"阿米得知以后十分高兴地说。

宗助踏着微霜，走出这块富有纪念意义的角落。他的视线落在狭长小径的某一点上，在不见阳光的严寒之中霍然停住了脚步。

他的脚边扔着一只黑漆泥金画的书箱。这只书箱完好地搁在霜地上，似乎是被人故意拿到这里来的。盖子被扔在两三尺以外的墙根下，裱糊在里面的花纹纸清晰可见。书箱里漏掉的信和书籍散乱地撒了一地。其中有一封长信，足有二尺多长，开头部分已经被揉成了纸屑。宗助走近前来往揉搓的信纸底下一看，不觉苦笑起来，下面盖着一堆大便。

宗助把地上的书籍收拢起来，放进了沾满霜泥的书箱，捧到后房门旁。

"哎，把这个收起来！"

宗助打开格子门，交给了阿清。阿清带着疑惑的表情，莫名其妙地接了过来，阿米正在里面打扫客厅。宗助两手揣在怀里，在大门口仔细地打量了一番，没有发现什么异常的情况。

宗助回到家里，进了茶室，照例坐在火盆旁边。他刚一坐下就大声招呼阿米。

"起床后又到哪儿去啦？"阿米边说边从里屋走出来。

"哎，你昨夜在枕头上听到一声很大的响动，看来不是做梦，是小偷！是小偷从坂井家的山崖上跳到咱家院子里了。刚才我到后院转了一圈，看到掉下来一只书箱，里边有封信，被胡乱扔到了地上。而且逃走时还留下一桌席。"

宗助从书箱里拿出两三封信给阿米看。这些信都是寄给坂井的。

"那么说坂井先生遭偷了吗？"阿米半跪下身子吃惊地问。

"由此看来，恐怕还丢了别的东西。"宗助抱着胳膊回答。

夫妇俩闲谈了一阵子，把书箱放置起来，就开始吃早饭了。可是举箸之间并没有忘记小偷的事。阿米向丈夫夸耀自己的耳朵和头脑灵敏。而宗助却把自己耳不聪目不明当成是幸运的事儿。

"瞧你，那么说要是偷的不是坂井家而是我们，像你那样呼呼大睡不就糟啦？"阿米将了宗助一军。

"用不着担心，他不会到咱们家里来的。"宗助仍然不肯示弱。

这时，阿清突然从厨房里探出头来，兴高采烈地说道：

"要是老爷新置的外套被偷，那时看有多着急吧。幸好遭偷的不是老爷、太太，而是坂井先生，这实在太幸运啦！"

听到阿清这样一说，宗助和阿米无言以对了。

吃过早饭，离上班还有一段时间。想到坂井丢了东西一定很着急，宗助打算亲自把书箱给他送去。虽说是泥金画，只是在黑漆的底子上有个烫金的龟甲形花纹，不算是值钱的东西。

阿米用一个印花包袱皮包起来。因为包袱皮嫌小，只好将斜对角系上，正中打两个蝴蝶结子。宗助提在手里，像送礼的果盒儿一般。

从客厅里一抬头就能看到崖上。宗助出了大门绕过半条街，爬上高坡，再往回走一段马路，才到达坂井家门口。宗助沿着石板上石楠树组成的整齐的短墙进了大门。

院子里寂无人声，毛玻璃门关闭着。宗助走到门边，按了两三次门铃，还是不顶用，没有一个人出来。宗助只好又转到厨房门口，那儿的两扇毛玻璃格子门也关闭着，里面响起了摆弄东西的声音。宗助打开门，向放有煤气灶的地板房里的女佣打了个招呼。

"这东西是这里的吧？今天早晨掉进我家里，现在送来啦。"宗助说罢，递过书箱来。

"是吗？谢谢你啦。"女佣简单地道了谢，捧着书箱走到间壁，叫出来一个经办杂务的丫头。她对那丫头小声嘀咕了一阵，把东西交给了她。丫头接过东西向宗助瞧了一眼，立即回到屋里。这时一个十二三岁的圆圆脸、大眼睛的女孩和一个扎着一根发带的女孩一同跑出来。她们两个好像是亲姐妹，一前一后进了厨房，一面望着宗助的脸一边窃窃私语，认定宗助是小偷。宗助觉得交还过书箱，事情就算办完了，至于里面的人怎么议论他都不管，只想快点回家。

"书箱是你们老爷家的，没错吧？"宗助带着同情的口吻关照着一无所知的女佣。这时，先前的丫头走出来郑重地低着头说：

"请进去吧。"

这回宗助倒有些惶恐起来。女佣也一再请求着，宗助不安之余，又感到有几分过意不去。谁知这时候房东已经出来了。

不出所料，房东气色很好，下巴溜圆，一脸福相。可是不像阿米说的那样不长胡子，鼻子下面留着短髭，从两颊到下巴却剃得净光，只能看到青色的胡茬儿。

"啊，实在有劳您啦！"房东的眼角边聚起细细的皱纹，向他致意，房东穿着米泽[1]产的印花绸，膝盖触到地板上，向宗助问这问那。那态度十分安详。宗助把昨夜和清早发生的事情简要地讲述了一遍，又问除了书箱还丢了什么东西。房东告诉他，放在桌上的金表被窃了。然而，他的神色却不像一般人丢了东西那么沮丧。比起金表来，似乎宗助的叙述更能引起他的兴味。他问宗助，小偷是想从里院顺着山崖逃跑呢，还是正在逃的时候从山崖上掉下来的呢？宗助当然回答不上来。

这当儿，先前那个丫头从里面端来了茶和香烟，这下子宗助回不去了。房东特地拿来坐垫，让宗助好好坐定下来。接着他就讲起今早警察说过的话。根据警察判定，贼在天一黑就潜进宅子，躲在储藏室或什么地方了。他是从厨房那里进去，擦着火柴点上了蜡烛，放在厨房的小桶里，然后又从茶室出来。里面的房子里住着夫人和小孩。那贼沿走廊到了房东的书斋，正在作案，谁知刚生下不久的最后一个男孩到了吃奶的时间，一睁开眼就哭叫起来。贼便打开书斋的房门逃向了院子。

"平时狗在家就好了。不巧它生病，四五天前住进了医院。"房东遗憾地说。

"真不巧啊。"宗助随口应和。

接着，房东讲述了这只狗的品种、血统什么的。还说起他时常带这狗出外打猎。

"我喜好打猎，近来因为神经痛休息了一些时候。从入秋到冬天打鹬鸟，从腰部到脚跟都要浸泡在水田里，一待就是两三个小时，实在伤身子啊！"

1　山形县地名。

房东看来是个没有时间观念的人，宗助只得东一句西一句地应付。他看到房东还要一直谈下去，不得已只好中途站起来。

"我得上班啦。"他打断房东的话。

房东这时才恍然大悟，他表示歉意说，在宗助很忙的时候不该一再挽留他。房东还说，也许警察这两天要去看现场，到时请务必给予方便。

"近来我一直闲着，有时间我再找你聊聊。"末了，房东十分客气地说。

宗助出了大门，急急忙忙回到家中。一看，比平时上班时间已经晚了半个钟头。

"你怎么啦？"阿米迎到门口，焦急地问。

"那位坂井先生真是个快活的人。只要有了钱，就可以像他那样悠然自得啊！"

八

"小六兄弟，先从茶室开始，还是先收拾客厅呢？"阿米问。

四五天之前，小六终于决心搬到哥哥这里来，今天帮忙更换格子门上的裱糊纸。以往，他住在叔父家时，曾经同安之助一起更换过自己住房的窗纸。当时，他们在盆里调好糨糊，用小竹签细心地裱糊着，等到干了之后再安装在原来的地方时，两扇门窗正好颠倒过来，怎么也嵌不进原来的沟槽里。后来他同安之助又共同经历过一次失败。他们按照婶母的嘱咐，裱糊前拼命用水冲刷窗棂子，等到晾干以后，整个儿都变得歪斜了，装起来十分困难。

"嫂子，裱糊门窗一不慎重就要失败的，可不能用水冲啊！"小六说着，便从茶室的廊缘边克嗤克嗤地撕起来。

走廊的右侧是小六住的六铺席房子，从这里绕过去，左面是突出来的大门。对面有一段矮墙和廊子平行，围成一个四方形的院落。夏天，波斯菊花盛叶茂，夫妇俩每天清晨望着朝露淋淋的景色，满心欢喜。他们还在墙下边种上细竹，竹竿上缠络着牵牛花。两个人一起床就来到这里，高兴地数点着今早花儿开了几朵。如今秋去冬来，花草完全枯萎了，形成一小片沙漠，看上去颇有几分凄清之感。小六背向着这座布满霜花的四方形地面，不停地撕着旧窗户纸。

寒风不时地从身后向小六的光头和脖子上袭来。他打算从裸露的廊子上缩到六铺席房子的里头。他的手冻得通红，默默地干着活，从铁桶里拧干抹布揩拭着门上的木框。

"天太冷，难为你啦。看样子又要下连阴雨啦。"阿米心疼地说。她把水壶的热水倒出来一些，融化开昨天打好的糨糊。

实际上，小六对这种活计，内心里抱着极大的蔑视。如今，他置身于无可奈何的境地，手里拿着抹布，多少抱有自我嘲弄的情绪。从前他在叔父家也干过这种活计，不过那时是为了消遣，非但没有什么不快活的地方，反而感到十分有趣。现在他受到周围环境的压抑，仿佛感到自己的能力只配干这些活儿。廊子外面的冷风更增添了他的烦恼。

小六没有心思回答嫂嫂的问话。他的头脑里浮现出和自己同住一座公寓的一位法科大学生的身影。这个学生每逢外出散步，都要经过资生堂[1]，花五日元买回三块一盒的肥皂和三支一盒的牙膏，花起钱来十分气派。小六觉得自己没有任何理由非陷入这样的困境不可。在他看来，安于生活现状而打发日子的哥嫂是多么可悲，他们连一张裱糊用的美浓纸[2]都舍不得买，

1　东京银座著名化妆品商店。

2　日本美浓国（今岐阜县）出产的高级纸。

生活是多么消极乏味。

"这样的纸不久就会破的。"小六把卷纸拉开一尺多长，对

亥子，不要紧的。"阿米拿起沾满糨糊
框子上涂抹着。

，尽量不使纸面松弛下垂。小六常常
有些过意不去，有时用剃刀好歹将纸
过的部分鼓鼓胀胀的，十分碍眼。阿
挡里的凹凸不平的板窗，心想对方如
丈夫该多好。

奴不好。"
哩，再说哥哥比你懒得多。"
阿清从厨房端来漱口杯子，小六接
纸面上喷着水雾。在裱糊第二扇的时
干了，褶皱大多消失了。糊到第三扇
从一早头就疼了。
的板窗糊完就休息吧。"阿米说道。
经到晌午了，两人开始吃饭。小六才
于宗助不在家，都是阿米陪着他一起

吃。阿米自从同宗助结合以来，除了丈夫再没有和任何人一起
进过餐。丈夫不在时，自己单独吃饭，这是她多年来的习惯。
眼下突然和这位小叔子使用同一只饭盆，你看看我，我看看
你，嘴里不住嚼动着，这在阿米实在有些异样的感觉。碰到女
佣在厨房干活时还好，要是看不见阿清的身影，听不到阿清的

声音，就更加叫她局促不安了。当然阿米比小六年长，从本来的关系上讲，两性间的欲情艳事从一开始就受到严格的约束，在他们身上不可能发生这类事情。阿米暗自思忖：和小六面对面围着饭盆就餐时的沉闷的情绪，总有一天会消失的吧。小六搬来之前，她从未想到会有这样的事儿，这回越发迷惘了。没有办法只得在吃饭时说说话儿，用闲聊尽力补偿那种空寂而又惆怅的心情。不幸的是，今天的小六对嫂嫂的这副态度未能加以细细体味和辨别，他脑袋里还没有找出应付这种局面的好办法来。

"小六兄弟，旅馆里有好吃的吗？"

听到这句问，小六想，不能再像住在旅馆到这儿来玩耍时那样淡泊而毫无顾忌地回答了。

"不，什么也没有。"小六说了这么一句，语气也顿时变得沉郁起来。

阿米听罢，怀疑小六怪罪自己接待不周。于是两人又默不作声，小六脑子里也在想着什么。

阿米今天头不舒适，吃饭时也是强打精神，一直忍受着痛苦。陪客时不舒服，这使她更加心烦意乱。因此吃饭时两人的谈话，比糊窗纸的时候更少了。

下午也许是干熟练了，工作比上午进展顺利。可是两人的情绪却更加淡漠了。寒冷的天气影响了他们的心情。清早起床时，天朗气清，晴空万里，谁知湛蓝的天上骤然出现了黑云，严严地遮住了太阳。周围一片昏暗，似乎要下雪了。两个人不断地到火盆旁边烤手。

"哥哥来年要涨工资了吧？"小六忽然问阿米。

阿米此时拾起铺席上的纸片，擦了擦手上的糨糊，现出一副完全出乎意料的神情。

"谁说的？"

"报纸上不是说了吗，明年给所有官府人员增加薪水。"

阿米对这件事全然不晓，她听了小六的详细说明，这才会心地点点头。

"可不是，近来谁都不肯干下去啦。加工的鱼块打我来东京后就涨了一倍。"阿米说道。

对于鱼块的价钱，小六毫无所知，经阿米一说，这才觉得要价是太高了。

由于小六的好奇心，两人的谈话变得频繁起来。阿米以前听宗助说过，后院房东十八九岁的时候，东西十分便宜。她把这事又讲给小六听。当时吃荞麦笼蒸面八厘钱，杂烩面两分五厘，牛肉每份四分，精肉六分。听一场大鼓书三分到四分。学生每月由公家发给七日元，基本上够花销，要是发十日元，生活就相当优裕了。

"小六兄弟要是在那时候上大学，很容易到毕业。"阿米说。

"如果赶上那阵子，哥哥的日子也要好过多啦！"小六应和道。

裱糊完客厅的板窗纸已经过三点了。不久宗助也该回来了，还得准备晚间的事。两个人干到这里告一段落，把糨糊和剃刀一并收了起来。小六伸了伸懒腰，握紧拳头咚咚地叩着自己的脑壳。

"辛苦啦，你累了吧？"阿米问候着小六。

小六感到想吃东西。他叫阿米把上回坂井为感谢送还书箱一事送来的点心拿来吃了。阿米接着又去沏茶。

"坂井这个人也是大学毕业吗?"

"嗯,听说是的。"

小六又喝茶又抽香烟。

"哥哥没把加薪的事儿告诉你吗?"过一会儿,他问。

"没有,一点不知道。"阿米回答。

"要像哥哥那样该多好,什么不满也没有。"

阿米没再说什么。小六站起来,走进了六铺席的房子。不一会,他又抱着火盆过来说火熄了。他信守着安之助安慰他的话,待在哥哥家里虽说有些麻烦,过一阵子就会好的。他表面上装作休学的样子,决定在这里暂住一时。

九

后院的坂井和宗助由于这一次书箱之缘，来往出乎意料地多起来。从前，宗助家每月指派阿清去送一次房租，对方接过以后就算了事。崖上头就像住着一家西洋人，根本不存在普通乡邻的亲密关系。

宗助送还书箱那天下午，果然如坂井说的，警察到崖下宗助家作了调查。当时，坂井也来了，阿米初次看到了这位传说中的房东。原以为他脸上没有胡子，现在却长满了胡须，说起话来也很客气。这对阿米来说有些出乎意料。

"你看，坂井先生还是长胡子的呀。"宗助回来以后，阿米特别提醒他。

过了两天，坂井家的女佣提着华丽的果盒儿，上面别着他的名片，来到宗助家里。她客客气气地说，实在添麻烦了，非常感谢，本应该由主人自己亲自上门的……说罢就回去了。

当晚，宗助把送来的果盒儿打开，拿起酥油糕大口大口地吃开了。

"他能送这种东西，就说明不怎么小气。说什么他家不让别人的孩子玩秋千，看来是瞎编的吧。"宗助说。

"肯定是瞎编的。"阿米也为坂井辩护。

夫妇俩同坂井家，虽说比失窃以前要亲近些，可无论是宗助还是阿米，心里都不打算将这种关系发展下去。从两家的利害上说这是当然的，就是单从街坊邻里的交往或情谊上考虑，他们夫妇也没有勇气再向前跨进一步了。如果听其自然过着平静的日子，要不了多久，坂井还是过去的坂井，宗助还是原来的宗助，崖上崖下，各自一家，关系就会渐渐疏远。

又隔了两天，第三天傍晚，坂井身披缀有水獭衣领的轻暖外套，突然来找宗助。夫妇俩从未遇到过夜间来客，于是又惊讶又有些狼狈。他们把客人引入客厅。坂井对前几天的事郑重地道过谢，接着说：

"实在幸运哩，被偷的东西又回来啦！"

坂井说罢，解下吊在绉绸腰带上的金锁，取出那只双壳金表给宗助看。

听坂井说，按规定丢了东西要到警察局报案的。不过，这只表已经很旧，即使被盗也没有什么可惜。谁知在昨天，突然有人寄来一个来历不明的小包裹，里面完好地包着这只丢失的金表。

"小偷用过了，看它不值钱，只好退还给我了。这可是件新鲜事儿啊！"坂井笑了。接着他又详细地加以说明，"对我来说，那只书箱更为重要。不过这金表是祖母在宫中佩戴过的，不管怎么说也是个纪念。"

当天晚上，坂井谈了约莫两个小时才回家。不论是陪他说话的宗助，还是待在茶室里旁听的阿米，都觉得他有满肚子的故事。

"他见识很广呀！"阿米品评说。

"成天闲着嘛。"宗助解释道。

第二天，宗助下班回来，下了电车走到横街的家具店旁边，看到坂井穿着那件水獭领的外套站在那儿。他脸孔朝着马路，正同老板说着什么。老板戴着大眼镜，从下面仰视着坂井的脸。宗助想，这不是打招呼的时候，他打算穿过去。谁知来到店门口时，坂井的眼神又转向了马路。

"啊，昨夜打搅啦，这就回去吗？"坂井轻声向他打着招呼。宗助不好意思马上离开，他放慢脚步，摘下帽子。这时坂井似乎已经办完了事，随即走出店门。

"是来买东西的吗？"宗助问。

"不，没什么。"坂井应着，便和宗助一起走回家来。

"那老家伙真狡猾，他拿来一件华山[1]的赝品硬向我推销，刚才叫我好一顿骂。"

宗助这才发觉，这位坂井也有着一般游手好闲的人共通的爱好。他暗自思忖，上回那架抱一题画的屏风要是卖给这个人就好了。

"他对书画很内行吗？"

"什么书画，他全然不懂。你看他那店面还不明白？一件

1　渡边华山（1793—1841），日本幕府末期著名南画家。

像样的古董都没有。这也难怪，他本来就是拾破烂出身的啊。"

坂井对家具店老板的身世十分清楚。据常来常往的"万事通"老头儿说，坂井家在旧幕府时代是做官的，是这一带历史最久的豪门世家。幕府瓦解以后，他家没有搬到骏府[1]去，还是一度搬去又搬回来了，宗助曾听人家谈过此事，现在已经记不清了。

"我小时候也很调皮。那时他是孩子王，我曾经跟他打架。"坂井透露了一句他们孩子时代的情况。

宗助问他店老板是如何施展巧计将华山的赝品卖给他的。坂井笑笑，作了如下说明：

"打我父亲那一辈起，就不断照顾他，所以他什么都向我家里拿。然而他眼浅拙笨，利欲熏心，实在是个难以对付的家伙。前一阵子，他代我买了一架抱一作画的屏风，占了不少便宜。"

宗助听了暗暗吃惊，因为坂井正在兴头上，不便打断他，于是默不作声。坂井接着说，店老板打那之后越发起劲了，不断送来一些他自己一窍不通的书画之类，还把大阪出产的高丽瓷当作真货，十分珍惜地供在店里。

"到他店里去，最多只能买些厨房用的饭桌啦、新水壶啦什么的。"

两个人说着说着来到高坡上。坂井要从这里向右拐，宗助要向下走。宗助本来想同他再走一段，问问有关屏风的事，可是特意跟他一起绕弯路又觉得不大自然，于是就分了手。

1　现在静冈县的静冈市。明治维新后，幕府末代将军德川庆喜奉命在这里蛰居，许多追随他的旧臣也迁来这里。

"过两天我去打搅一下可以吗？"宗助问。

"请，请。"坂井欣然回答。

这天没有刮风，阳光照了好一会儿。可是阿米待在家里，感到阵阵寒气不停地袭来，冷彻骨髓。她特地把宗助的衣服蒙在被炉上，安放在客厅正中央，静等着丈夫归来。

大白天守着被炉，入冬以来今天还是头一遭。平时在夜里用过以后，总是把它放在六铺席的房子里。

"客厅中央摆着这玩意儿，今天到底怎么啦？"

"反正没有什么客人来。六铺席房间，小六住在里头，东西都摆满啦。"

宗助这才记起小六住到自己家里来了。他叫阿米给自己在衬衫上又加了一件烤得暖烘烘的棉外衣，十分麻利地缠好了腰带。

"这里是寒带，不摆被炉就受不了。"他说。

小六住的那间六铺席房子，虽说铺席不太干净，可倒是朝南朝东，是家里最暖和的。

宗助端起茶杯喝了两口阿米沏的热茶，问：

"小六在吗？"

小六本该在家的，可六铺席房里静悄悄的，不像有人待在里头。阿米正要去找，宗助说不用了，没有什么事儿。他钻进放有被炉的铺盖里，很快躺下了。这间卧室门口对着山崖。室内已经出现了薄薄的暮色。宗助枕着胳膊，他没有想什么，只是一味地眺望着这个狭小昏暗的空间。阿米和阿清在厨房里做事，听那声音好像是从同自己无关的邻居家里发出来的。房里渐渐黑下来，只有白色的格子门微微映入宗助的眼帘。他一动不动地躺着，也不想喊人来点灯。

当他从黑暗走出来，坐到桌边吃晚饭的时候，小六也离开六铺席房子，和哥哥面对面坐下。阿米说因为太忙，竟忘记关客厅的门了，说罢站起身来。宗助本想提醒弟弟，晚上帮助嫂嫂点点灯或关关门什么的，可转念一想，刚搬过来就说些有碍情面的话，总不太好，就作罢了。

等到阿米从客厅里转来，兄弟俩这才端起饭碗。宗助把下班回来在家具店遇到坂井，以及坂井从那位戴着大眼镜的老板那里买走了抱一作画的屏风的事讲了一遍。

"啊？"阿米叫了一声，对着宗助的脸瞧了好半天，"就是那一架，没错，肯定是咱家的那一架。"

小六起初没有开口，听到哥嫂的交谈，他渐渐弄明白了是怎么一回事。

"一共卖了多少钱？"他问。

阿米回答小六的问话之前，瞧了瞧丈夫。

吃罢饭，小六即刻进入六铺席房子，宗助也回到被炉边来。不一会儿，阿米也来焙脚。他们商量，下个礼拜六或礼拜天到坂井家去看看那架屏风。

到了下个星期天，宗助贪婪地饱享了这一周一次的懒觉，整个上午白白消磨掉了。阿米又叫起头疼来，倚在火盆的边缘上，做什么事都打不起精神来。要是六铺席房子空着，她会一大早就关在里面的。如今小六占用了，结果等于间接夺去了阿米的避难所。宗助看了觉得实在过意不去。

宗助劝她说要是心绪不好，就到卧室铺好被窝睡一觉。阿米不好意思，她没有听。于是他又劝她烤烤被炉，说自己也一起陪着，这才嘱咐阿清把架子和铺盖搬到卧室里去。

　　宗助起床之前，小六外出了，早晨连个照面儿都没打。宗助没有追问阿米小六究竟干什么去了。因为在这种时候，硬叫阿米对小六的事情作出回答，他感到有些难为情。宗助认为，由阿米自己说些抱怨弟弟的话，斥责也好，劝慰也好，反而显得更合乎情理。

　　到了中午，阿米还没有离开被炉起来。宗助琢磨着，让她安安稳稳睡些时候，也许对身体有好处。于是来到厨房，告诉阿清自己要到崖上坂井家去一趟。他在便服外面，套上了一件短袖双层外套，走出大门。

　　也许是刚才待在阴森森的房间里的原因吧，他一来到马路，就感到心情顿时开朗起来。浑身的筋肉抵御着寒风，冬天的气候使他的精神紧张而振奋，他感到快活。宗助一边走一边想，整天把阿米放在家里不是办法，等气候变暖了，应当带她出来呼吸一下外面的空气才好。

　　跨入坂井家的大门，宗助一眼就看到厨房和大门之间的灌木墙上，挂着一个和冬令极不相宜的红得耀眼的东西。宗助特地走到跟前瞧了瞧，是一件布娃娃的小睡衣。为了不使它飘落下来，袖子里穿着细竹条儿，挂在石楠树的枝条上。看样子是女孩儿家干的。宗助没有养育小孩子的经验，他家里从未有过这样会玩的大些的女孩子。他面对这件晾晒在太阳底下的红色小睡衣，站着看了老半天。他回忆起二十年前，父母为死去的妹妹制作的玩偶架，敲锣打鼓的五个童子以及装饰着漂亮花纹的干果儿，此外还有醉人的白酒。

　　房东坂井在家里正吃着饭，让他稍等一下。宗助刚一坐定，就听到隔壁房里那群晒红睡衣的孩子们的吵闹声。女佣送来了茶水，她刚一拉开隔扇，身影后面早有四只大眼睛一齐向宗助窥探。火盆端来了，随后又出现了另外一张小脸儿。也许是初到这里来吧，每当隔扇打开一次，就有不同的孩子露面，他猜不出这家究竟有多少小孩。女佣一退出去，有的孩子就把隔扇打开一道缝儿，瞪起乌亮的眼珠向这边瞧。宗助感到很有趣，他默默地招招手，于是隔扇"哗啦"关闭了，三四个孩子一起在里头笑出声来。

"哎，姐姐还像往常一样，就装成阿姨吧。"过一会儿，一个女孩儿开口了。

"嗯，我今天装西洋阿姨；东作装父亲，是爸爸；雪子装母亲，是妈妈。好吗？"那位姐姐说。

"妈妈，这太难听啦！"另一个声音笑了起来。

"我一直是装奶奶的，奶奶也得有个西洋名儿，奶奶叫什么来着？"一个孩子发问。

"奶奶嘛还叫奶奶好啦，行吗？"姐姐说。

接着就听到一阵子颇为热烈的问候话："有人在家吗？""您是从哪里来的？"其间还夹有丁零丁零模仿打电话的声音。宗助对这些感到特别新鲜，他听得津津有味。

这时，里面响起脚步声，房东似乎正向这边走来。

"喂，你们不要在这里吵闹，到那边去吧，这里有客人呢。"他一来到隔壁，就制止孩子们说。

"不行，爸爸，不给我买大马，我就不走。"这是个男孩子的声音。他也许年龄太小，舌头转动还不灵活，说出抗辩的话来，显得很费气力，宗助感到特别有趣。

房东坐下就道歉，说让宗助久等了，很对不起。这时孩子们都走远了。

"这里很热闹，实在太好啦。"宗助对刚才的情景深有感触地说。

"哪里，正如您看到的，十分杂乱。"房东听了，颇为高兴，他带着几分歉意回答。

接着，他便向宗助讲述了孩子们所惹起的一桩桩麻烦事儿：用漂亮的中国式花篮装满煤球摆在壁龛里；在房东的高腰靴里灌上水养金鱼……这些恶作剧在宗助听来十分新奇。女孩子多，穿衣服要这要那，历时两周的旅行回来以后，她们的个头都长高了，心里总感到有什么追逼着似的。再过些年，为着出嫁的事儿，不仅要忙煞人，还会穷煞人的。他的一席话，对于没小孩子的宗助来说，未能引起什么共鸣。相反，房东越是口口声声为孩子多叫苦，宗助越发羡慕。因为从他的表情和神态上丝毫看不出一点烦恼的样子来。

看看时机一到，宗助向房东提出想看看先前提到的那架屏风。房东满口答应，他拍了拍手，召唤用人，吩咐把收藏在仓库里的屏风搬出来。

"两三天之前，一直摆在那儿的。孩子们看了很好奇，都躲在屏风后边瞎闹。我怕碰坏了，才收藏起来的。"

宗助听罢房东的话，觉得今天来看屏风又麻烦，又费工夫，心里很过意不去。实际上，他的好奇心并不很强。东西一旦归他人所有，再去追究一番，看看是不是原来自己的那个，实际上是毫无用处的。

按照宗助的要求，屏风不久便从里面搬了出来，放到他的面前。果然不出所料，正是从前放在自己客厅里的那架。宗助眼见这个事实，头脑里并没有引起多大的震动。他只是打量着铺席的颜色，天花板的木纹，壁龛里的摆设，隔扇的格式；打量着立在这样环境里的屏风。他看到两个用人十分爱惜地把它从仓库里搬出来，于是他觉得这架屏风比在自己家里简直高贵十倍。他一下子找不出合适的话来，只是出神地望着这件熟悉的东西，也不觉得特别新奇。

房东把宗助误认为是蛮有水平的鉴赏家。他站在那里，一手扶着屏风的边缘，一会儿看看宗助的脸，一会儿看看屏风的画面，请他简单评论两句。

"这倒是真货，实在够好的啊。"

"可不是嘛。"宗助只管答应。

不一会儿，房东转到宗助身后来，指指点点加以评论和说明。他说这位画家不愧是大手笔，用墨如泼是他的特点，而且施色瑰丽。这些话，宗助听起来很新鲜，可对于一般人来说，大都是众所周知的常识。

宗助瞅空子郑重地道了谢，回到原来的座位上。房东也在坐垫上坐下。接着就谈论起"野路""空云"两句题诗和书体来。宗助看到，房东对书法和俳句[1]很感兴趣，留心于一切事物，是个满腹经纶、知识渊博的人。相比之下，自己很感惭愧，他只好尽量默不作声，努力倾听对方的高论。

房东看到来客对这方面缺乏兴趣，又把话题转到绘画上来。他热心地说，家里虽说没有什么好东西，如果想看，就把

1　日本古典诗歌中字数最少的短诗体。一般由五、七、五共十七个音节字母组成。

所藏的画帖和挂轴拿出来欣赏一下。宗助不得不谢绝他的一片好意，连忙表示他马上就要回去。接着他又问房东，把这架屏风弄到手究竟花了多少钱。

"这是随手捡到的便宜，才八十日元啊。"主人立即回答。

宗助坐在房东面前，思量着要不要把屏风的事全部坦露出来。他想不如说出来反倒痛快，于是如此这般地从头到尾详详细细地说了一遍。房东十分惊讶地倾听着，不时"哦、哦"地应和着。

"这么说，你不是因为喜欢书画才来观看的啰?"房东想起了刚才误解了宗助的来意，觉得挺滑稽，不由得笑了起来。他还说要是早知道，直接从宗助手里买还可以省些钱呢，这太可惜啦。最后他狠狠地骂了一通横街那个家具店老板，说那家伙实在可恶。

从此以后，宗助和坂井变得十分亲密起来。

十

佐伯家的婶母和安之助很少到宗助家来了。宗助也无暇到麹町去，况且他也没有那个兴致了。两家虽然是亲戚，可各自像是顶着两个太阳过日子。

唯独小六时常过去说说话儿，但次数不多。他回来很少将婶母家的消息告诉阿米。阿米怀疑这是小六故作此举。但是她觉得佐伯家既然同自己家没有什么利害冲突，耳边听不到婶母那边的动静，反而更宽心些。

不过，阿米有时也能从小六同哥哥的谈话中听到一些那面的情况。约莫一个星期之前，小六告诉哥哥，安之助又在努力运用新的发明，即不使用油墨就可以使印刷品鲜明、清晰。乍听起来，这种机器简直个宝贝。阿米依旧沉默着没有插嘴。从谈话内容来看，同自己全然没有利害关系，而且又是很难懂的问题。作为男子汉的宗助，却有几分好奇，一个劲儿追问为

92

何不用油墨就能印出东西来。

小六也没有这方面的专门知识，当然不可能作出准确的回答。他只是把从安之助那里听来的话，就自己所记得的仔细说了一遍。小六说，这种印刷术是近年来英国发明的，从根本上讲，只不过利用电能罢了。将一个电极接在铅字上，另一极通向纸面，只要将铅字同纸面压合在一起就立即印刷成功了。小六又重复着安之助的话说：颜色一般为黑色，红色和蓝色可以随时调制，单从节省干燥的时间来说，就十分可贵。如果用来印报纸，还可以节约油墨和滚筒。总体来说，至少能省却四分之一的工序，所以将是个大有发展的事业。听那口气，安之助似乎已经将这个充满希望的前途，稳操在自己的手中。小六的眼睛里闪耀着光亮，他仿佛感到安之助大有作为，他的未来也包含着自己的美好愿望。宗助像往常一样，沉静地听弟弟讲述。听完之后，也不加什么评论。照宗助看来，这样的发明可认为是真的也可认为是假的。在这世界上广泛应用之前，他很难表示赞成还是反对。

"这么说，松鱼船不搞啦？"一直闷声不响的阿米开了口。

"不是不想搞，听说花费太大，尽管便利，可谁都不愿意制造这样的船。"小六回答。

小六似乎有几分在代表安之助的利益说话，三个人又谈了好一阵子。

"真是做什么都不容易搞好啊！"末了，宗助加了这么一句。

"像坂井先生那样，有了钱吃喝玩乐倒挺美。"阿米说。

小六听罢，又回到自己房里去了。

夫妇俩只是在这种场合才多少听说一些佐伯家的消息，此外更多的日子里，都互相不了解各自的生活状况。

"小六兄弟每次到阿安那里去，总会要些零花钱的吧？"有时，阿米这样问宗助。

以往，宗助从未注意小六这些事，如今经阿米突然一问，马上反问道："为什么？"

"你可知道，最近小六常常喝了酒才回来啊！"阿米迟疑了一下，提醒丈夫。

"也许是阿安告诉小六自己搞新发明赚了钱，特地请他的客了。"宗助笑道。

于是，谈话就此停止，没有再继续下去。

第三天傍晚，小六到吃饭时还未回家，夫妇俩等了一阵儿，阿米劝宗助去洗个澡什么的，也好拖延些时间。宗助肚子实在饿空了，他不顾阿米的关照，开始吃饭。

"你应当劝劝小六兄弟戒酒啊。"阿米对丈夫说。

"他喝了多少，要人提醒才行？"宗助有些出乎意料。

阿米辩解说，事情没有这么严重。不过一个上午谁也不在家，他醉醺醺地回来，着实使她有些不安。宗助听过也就算了。可他心里犯了嘀咕：难道果然像阿米说的那样，小六到什么地方借了钱，大喝起他所不喜好的酒来了？

渐渐到了年关，黑夜似乎占去了世界的三分之二。每天刮着风，那阵阵风声给生活带来了阴郁。小六再也不能整天闷在六铺席房子里了。他越是潜心思考，越感到心里空虚。他再也待不下去了，又不愿到茶室同嫂嫂闲聊天，不得已只好外出。有时候到朋友那里转一转。起初朋友还像以往那样对待他，尽说些青年学生爱听的趣闻。可是，这些都谈完了，小六还是经常来。因此朋友们最后评论道，小六是过分无聊才来访问的，他一味沉浸在那些老生常谈之中。有时朋友特地让小六知道他们实在太忙，要准备功课和研究学问。小六对朋友这种简慢的态度感到很不愉快，可是回到家里，又无心读书和思考。总之他认为，像自己这样年轻的一代，在人生的阶梯上正待努力奋进的时候，内心的动摇和外来的束缚使他变得无所适从了。

有时他冒着冷雨，走在积雪消融的泥泞道路上，淋湿了衣物，弄脏了鞋袜，回来就要洗晒一番，十分麻烦。所以，小六有时就不外出了。每逢这样的天气，他就感到困顿不堪。于是便从房间里走出来，坐到火盆旁边，喝着闷茶。如果阿米在，也少不了谈几句家常话。

"小六兄弟很爱喝酒吗？"阿米曾经问。

"快过年了，你一顿能吃多少煮年糕？"她还这样问过他。

时间一长，两个人便有些亲近了。后来，小六竟主动求阿米帮忙："嫂嫂，给我缝一下这里。"阿米接过印花披风，用针缝补绽开的袖口。小六空着两手坐在阿米身边，目不转睛地盯着嫂嫂的手指。照阿米的习惯，要是给丈夫缝补衣裳，她总是一声不吭，只顾飞针走线。如今是小六，她不好这样默默地干坐着，所以有时也尽量说几句话。阿米担心小六的前途，她总想打听一下他将来怎么办。

"小六兄弟你还年轻，将来的日子还长呢，不要像哥哥那样悲观消沉。"

阿米已经第二次劝慰小六了。

"阿安没有答应到来年再给你想想办法吗？"

"安哥的计划，要是能像他所说的那样顺利就好了。不过细细思索起来，就觉得不可指望。松鱼船好像不能赚多少钱。"小六的表情显得有些失望。

阿米望着小六那郁郁寡欢的样子，想起他平日醉醺醺地回到家中，带着满腹的怨愤和不平，自己很不理解。这回，暗暗觉得小六又可怜又可笑。

"说真的，哥哥要是有钱，无论如何总要尽力帮助你的。"她这话不是讨好，而是深表同情。

那天黄昏，小六又用外套裹着寒冷的身子外出了。过了八点他才回家，走到哥嫂面前，从袖口里掏出一个细长的袋子。说天冷想做汤饼吃，从佐伯家回来时特地买了荞麦面。阿米烧水的当儿，他不住地挑拣松鱼干，说要打卤子。

宗助夫妇最近听说安之助的婚期已经延迟到明年春天。这门亲事是在安之助毕业之后才提起的。

小六从房州回来，婶母表示不再供给他学费的那个时候，事情已经谈妥了。因为没有正式通知，宗助一点不知道是何时定下来的。小六常来常往，宗助从小六那里知道些情况，预料他们可能年内成亲。另外，他还从小六那里听说，新媳妇娘家人是公司职员，日子过得很优裕。她的学校是女学馆[1]，家里兄弟很多。认识她的也只有小六，虽然他只看过她的照片。

"人品怎么样？"阿米问。

"嗯，蛮漂亮的。"小六回答。

晚上，三个人一边吃荞麦汤饼，一边谈论安之助为什么年内不举行婚礼。阿米推测大概日子难择；宗助则认为时间紧迫，来不及筹办。唯独小六不这样看。

"看来是要添置些东西。对方家里阔绰，婶母也不能草草了事啊。"小六的话不比寻常，他变得有些通晓世故了。

---

1 指坐落于麹町虎门的东京女学馆，学生多系贵族出身。

十一

　　阿米的身体开始不适，是在秋天过了一半，霜叶红得发紫并且缩成卷儿的时节。和在京都的时候不一样，阿米到了广岛、福冈也未曾度过一天康乐的日子。回到东京以后，单就这一点来说，仍然不能说是幸福的。阿米一时苦恼起来，甚至怀疑，难道养育过自己的故乡的水土，不合乎她这个女人的心情吗？

　　最近她的心绪才渐渐平静下来。宗助到机关上班，一年到头也很少让她操心。阿米守在家里，双方都能安然地度过岁月。到了这年秋末，寒风掠过，薄霜针刺般地吹在人们的肌肤上，阿米的心情尽管有些不好，但没有引起太大的痛苦。开始，她连宗助都瞒着，后来宗助发现了，劝她找医生看看，可她就是听不进去。

　　正是这时候，小六搬进来了。宗助细细打量着阿米，作为丈夫，对妻子的体质情况和精神状态十分了解。人口增加以后，他尽量不使家中杂乱，然而事不由己，除了眼睁睁地干看着外，再也想不到什么好办法了。他只能口头上说些自相矛盾的话，劝阿米尽量安心静养。

"没关系。"阿米微笑着说。

听了这样的回答，宗助更加于心不安。然而不可思议的是，打从小六迁来之后，阿米的情绪一直很好。她也许觉察到自己多了一份责任，精神显得十分紧张，对丈夫和小六照顾得更是无微不至了。小六固然一无所知，可宗助却非常清楚阿米比往常多付出多大的努力啊！他又一次暗暗地打心眼里感谢这位任劳任怨的妻子。同时，他又提心吊胆，阿米会不会因过度劳累而影响身体，以致闹出什么乱子来。

不幸的是过了年末那个月的二十日，宗助的担心突然变成了事实。他所预料的恐怖，像烈火一般燃烧着自己的心胸，把他弄得十分狼狈。这天，天昏地暗，从一大早起，浓重的寒气整日压抑着人们。前一天晚上阿米又没有睡，她头脑昏昏沉沉地坚持工作。每当站起身或走动一步，脑子里就泛起一阵疼痛。不过，也许是受到外界刺激的缘故吧，这样头脑反而觉得清醒，比一直躺着好受些。她强忍着，心想熬过这会儿痛苦，把丈夫打发走再说。宗助一离开家，阿米感到自己应尽的义务告一段落了，松了一口气，这时恶浊的天气便向她的头脑直压过来。抬头望望天空，像冻结了一般。待在家里，严寒穿过阴冷的板窗纸不断渗透进来。阿米的头顿时烧得厉害了，她只得把宗助早晨给她的被子打开，铺在卧室里躺下来。这样还是受不住，又叫阿清拧了湿毛巾放在头上。毛巾很快焐热了，于是就把枕畔的脸盆端过来重新湿一湿，不时地换一换。

整个上午，都是用这个办法，不停地用冷水冰额头。因为一直不见好转，阿米无力起来陪小六一道吃饭。她嘱咐阿清为小六准备好饭菜，自己一直没有离开床铺。她叫阿清把丈夫平时使用的软芯枕头拿来，换走了那个硬的。阿米任凭头发散乱开来，她再也无心顾及女人家平常所珍惜的发型了。

小六走出六铺席房子，将门打开一道缝儿，看了看阿米。阿米半个身子对着壁龛，紧闭着眼睛。小六以为她睡着了，一句话未说，又悄悄地关上门。随后一个人占据着一张大饭桌，大口大口地吃着茶泡饭，嘴里不停地发出响声来。

两点钟光景，阿米终于昏昏入睡了。醒来时，额头上的湿毛巾快要焐干了，头脑感到轻松了一些。可是从肩膀到脊梁骨，又添了一种异样的压迫感。阿米想，不打起精神来身体要垮的，于是挣扎着起来，直到很迟才略微吃了点饭。

"心里好过一点了吗？"阿清伺候着，一个劲儿地问。阿米告诉她好多了，便叫阿清收拾好铺盖，依偎着火盆，静心等着宗助归来。

宗助按时回家了。他告诉阿米，神田街的家家户户门口插满了彩旗，商店举行年末大拍卖，劝业场张起红白幕布，乐队给节日增添了欢乐的气氛。

"可热闹啦！去看看吧。一上电车就算到了。"宗助劝阿米。他的脸孔在寒冷的空气中冻得通红。

听了宗助宽慰自己的话，阿米不忍心把自己有病的事告诉他，实际上现在也不怎么痛苦了。她仍然带着一副和平素一样的表情，替丈夫换上便服，收拾好西装。夜色来临了。

将近九点，阿米突然跟宗助说，身子不大舒服，想先去睡一下。听那语气，依然像往常那般温存。这反而使宗助有些惊讶。阿米又说，肯定不要紧的。宗助这才安下心来，立即张罗阿米休息。

阿米就寝之后约莫有二十分钟光景，宗助听着耳边水壶里的响声，点着圆芯的小油灯，度过这沉静的夜晚。他想起了明年给一般官吏增加薪水的议论，又想起有人传说在这之前肯定实行改革，淘汰一批人。他琢磨自己会被编入哪个部门呢？把宗助叫到东京来的杉原，现在已经不在部里当科长了，这使他感到遗憾。他自从来东京以后从未生过病，所以没有请过假。他从学校中途退学后几乎再不读书了，所以没有什么学问。不过他脑瓜子并不笨，机关里的工作还可以担当起来。

他把各种情况结合起来想了想，心里估摸着自己还不至于被裁减。他用手指轻轻地敲击着水壶壳子。

"你过来一下。"这时，卧室里传来阿米痛苦的声音，他不由得站起身来。

宗助到里头一看，阿米紧锁眉头，右手按着自己的肩膀，胸脯露在被子外面。宗助下意识地伸出手来，在阿米那只手的上方，用力捏了捏肩上的骨头。

"再靠后一点。"阿米差点叫出声来。宗助不断地摸索着，终于找到了阿米所说的位置。用指头一按，在脖颈和肩膀联结处靠近颈椎的地方，有个石头般的硬块。阿米叫他使出全身力气按一按。宗助额头上累得渗出了汗珠，可是阿米还嫌他力量太小。

宗助想起过去的老话，管这病叫"跑马瘤"[1]。他在幼年时

---

1 原文作"早打肩"，东京一带对"心绞痛"的一种称呼。

代听祖父讲过，从前有一个武士，在骑马赶路的途中忽然得了这种病。于是他便飞身下马，拔出腰刀切开肩头，把血放出来，因此才勉强保住了性命。这个故事至今还清晰地印在他的记忆中。他怀疑阿米也许得了这种病，不过他不知道用刀切了效果究竟好不好。

阿米不知不觉地发起烧来，从面孔一直红到耳际。问她头热不热，她痛苦地回答说很热。宗助大声呼唤阿清，叫她把冰袋装上冷水拿来。因为家里没有冰袋，阿清还像早晨一样，把毛巾在脸盆浸了浸便拿来了。阿清给阿米冰额头，宗助仍然使劲按住她的肩头，间或问一句："怎么样了？"

"还是难过。"阿米微微答应着。

宗助全然没了主意，他想一个人跑出去请医生，但又不放心家里，结果还是没有去成。

"阿清，你赶快到街上买个冰袋，再请一位医生来。天还早，他不会睡的。"

阿清立即站起来，望望茶室的挂钟说：

"都九点一刻啦。"

她来到厨房门口正慌里慌张地找木屐，小六刚巧从外边回来了。他还是那样，没有同哥哥打声招呼就向自己房间里钻。宗助厉声喊道："小六！"他这才站住。小六在茶室踟蹰了一下，又听到哥哥再一次大声叫他。小六不得已，低声应了一声，在门口探了探头。他面孔发红，醉眼蒙眬，似乎还没有醒酒。他向屋内瞥了一眼，这才露出吃惊的样子。

"这是怎么啦？"从他的表情上看，醉意似乎消退了几分。

宗助把吩咐阿清做的事对小六说了一遍，叫他快点去办。

小六连外套都没有脱，走到门口又折回来。

"哥哥，请医生再快也得费好些时间，不如借坂井先生的电话打一下，叫他马上来就是了。"

"好，你快去打吧。"宗助回答。

小六出去以后，宗助叫阿清把脸盆里的水更换了好几次，自己还是拼命按压阿米的肩头，揉搓着。他不忍心眼睁睁看着阿米受苦，这样做至少可以安定一下自己的情绪。

此时对于宗助来说，最急迫的心情莫过于盼望医生快点到来。他一面揉着阿米的肩膀，一面不住地留心外边的动静。

医生终于来了。宗助心上的一块石头落了地。医生到底像个买卖人，他丝毫也不着忙，把小手提包向身旁拉了拉，像对待慢性病人一般，慢条斯理地检查起来。宗助从旁边看着他那一副泰然自若的神色，胸中的急躁情绪渐渐平复了。

医生教给宗助一些应急措施：在局部贴芥末膏药；用湿布把脚暖一暖；继续用冰降低头部的温度。接着他自己抓来芥子末，在阿米的肩头和脖子根贴起来，又叫阿清和小六去弄湿布。宗助还在冷毛巾上加了一只冰袋，放在阿米的额头上。

就这样折腾了一个多小时。医生说要观察一下情况，就在阿米的枕头旁坐了下来。他们虽说有时也唠叨几句家常，大多是默默地守着阿米，注视着她的病情变化。夜深了，周围像平常一样静悄悄的。

"天气真够冷的。"医生说。

宗助有些过意不去，他听罢医生最后的嘱咐之后，主动提出请医生回去。这时，阿米比先前轻松多了。

"不要紧的。我给开副方子，今晚吃吃看，夜里会睡得很香的。"医生说罢就走了。

小六马上追了出来。

"几点啦?"小六外出买药的当儿,阿米望着枕头旁边的宗助问。

同晚间不一样,她脸上的血色退去了,经油灯一照,更显得苍白。宗助想,也许因为黑油油的头发散乱开来映衬的缘故吧。他替妻子把鬓角向上理了理。

"好些了吧?"他问。

"嗯,好多啦。"阿米像平常一样,向他露了一丝笑容。她不管处在如何痛苦的境况里,都不忘记让宗助看到自己的微笑。阿清倒是在茶室里打起鼾来。

"让阿清去睡吧。"阿米对宗助说。

小六抓药回来,遵照医嘱给阿米服了下去。这时不知不觉已经十二点了。不到二十分钟,病人便昏昏入睡了。

"这下子好啦。"宗助望着阿米的面孔说。

"已经不要紧啦。"小六对着嫂嫂望了好半天,回答道。

两人把冰袋从额头上撤了下来。

过一会儿,小六回到自己房里去了。宗助在阿米身旁理好铺盖,像往常一样睡下了。过了五六个小时,冬夜夹着刺骨的寒霜,顿时豁亮了。又过了一个小时,太阳渐渐升上万里无云的晴空,明朗的光芒洒满了大地。阿米还在昏昏地沉睡着。

吃罢早饭,上班的时间到了,阿米丝毫没有醒来的样子。宗助走到枕旁,躬下身子听听她那深沉的呼吸,心里盘算着去不去机关里上班。

十二

　　宗助早上照常到机关里处理业务。他的眼前不时地浮现出昨晚的光景，心里自然记挂着阿米的病，工作也安不下心来，有时甚至出现差错。一挨近中午，他索性回家了。

　　宗助坐在电车上尽往好里想：阿米大概醒了，心里好过多了，再也不会复发了吧？和往常不一样，车上乘客很少，周围的环境没有过多分散宗助的注意力。他自由地品味着头脑中浮现出来的几幅画面，不觉之间，电车驶到了终点站。

　　走到门口，家中寂无声息，好像没有一个人。他拉开格子门，脱了鞋走进正门，还是不见有人出来。宗助不像往日那样，他没有沿走廊到茶室去，而是径直打开隔扇，进了阿米躺着的卧室。阿米依然在睡觉。枕畔的红漆盘子里放着药袋和杯子，杯子里盛着一半水，这些都和早晨一样。阿米头冲着壁龛，半个面颊和贴有芥子末的脖颈微微露着，这些也和早晨一样。除了呼吸以外，她昏昏沉睡，同外界的一切联系都断绝了，这仍然和早晨一样。这里的一切光景同早晨他所看到的丝毫没有变化。宗助连外套也没脱，他弯下腰，听了听阿米"咝咝"的喘气声，看样子一时醒不过来。宗助掐指算了算昨晚阿米服药以后过了多少时间。于是脸上现出了不安的神色。昨晚是担心她不能入睡，眼下看到她长久不醒，又怕她睡出什么毛病来。

宗助把手搭在被子上，轻轻地摇了摇阿米。阿米的头发在软芯枕头上像水波一般动了动，依然呼呼沉睡。宗助撇下阿米，穿过茶室来到厨房。饭碗和菜盘都浸泡在水池边的小桶里，还没有洗。他瞅了瞅女佣的房间，看到阿清面前摊着饭盆，身子伏在盛米饭的木桶上睡着了。宗助又拉开六铺席的房门向里面探探头，小六也盖着被子蒙头大睡。

宗助换上便服，没有使唤别人，自己把脱下的西装叠好，放进柜子里。他又在火盆里加了炭，准备烧开水。他靠着火盆想了几分钟，还是站起来，首先喊醒了小六，接着又喊醒了阿清。两个人都很吃惊地翻身起来了。宗助向小六打听阿米从早晨到现在的病情。小六说，他很困，十一点半吃过午饭就睡了，阿米整个上午都在熟睡。

"你到医生那儿跑一趟，告诉他打从昨晚服了药入睡以后，到现在还没有醒，问他要紧不要紧。"

"好吧。"小六简单地应了一声就出去了。宗助又回到卧室，直盯着阿米的脸瞧。不叫醒她吧，怕这样一直睡下去不好，叫她起来吧，又怕加重她的病情。宗助有些六神无主，只得抱着膀子怔怔地坐着。

不多一会儿，小六回来了。他说医生正要出诊，听到小六的报告之后，答应转过一两户人家就马上赶到这里来。宗助又问小六，医生来前就这么干等着不要紧吗？小六说医生别的什么也没讲。宗助只得又回到枕头旁边凝神坐着。他心中不由得感到，医生和小六太不近人情了。他想起昨晚正在护理阿米时小六回来的神色，更是一阵不快。小六喝酒一事，还是阿米告诉他的呢。此后，当他留意观察弟弟的表现时，可不是吗，他是有些不大正经。他打算找个时间好好劝解弟弟一番，然而，他又不愿意让阿米看到兄弟之间弄得不和。所以一直忍着，到今天也还没有张口。

要说，只有趁阿米卧病的这个时候了。两个人不管谈好谈坏，都不会给阿米带来烦恼。

想到这里，宗助不自觉地望望阿米的脸。于是，他又立即把注意力转移过来，真想马上叫醒她。想来想去，还是把同弟弟谈话的事撂下了。这时，医生终于来了。

医生又把昨晚那只手提包向身边拉了拉，一边慢慢悠悠地抽着香烟，一边听宗助讲述，嘴里"是吗、是吗"地应着。随后他说看看再说，就把身子转向阿米。他像平素一样，给病人切脉，好长时间盯着自己的手表。然后又把黑色的听诊器放在心区间仔细地这里听听，那里听听。最后，他掏出一只带有圆形小孔的反射镜来，并吩咐宗助点上蜡烛。宗助没有蜡烛，就叫阿清端来油灯。医生扒开睡着了的阿米的眼睛，用反射镜认真地检查了睫毛底部。复诊就到这里结束了。

"药效发挥得有些过头了。"他把脸转向宗助。当他看到宗助的眼神，又马上加以说明，"不过，您不必担心。逢到这种场合，要是产生不好的结果，心脏和脑子肯定会受影响的。刚才检查了一下，没有发现什么异常。"

宗助这才定下心来。医生还说，他使用的催眠药是新产品，经过鉴定没有一般催眠药常有的副作用，而且效果因病人体质的不同而产生很大的差异。医生说完就回去了。

"这么说，她能睡就让她睡好了，是吗？"医生临走时，宗助问他。

医生对他说，如果没有旁的事，就没有必要叫醒她。

医生走了之后，宗助忽然感到肚子饿。他来到茶室，先前吊在火盆上的水壶里的水已经咕咕地烧开了。他喊阿清端饭来。阿清困惑地答道，饭还没有做好。也难怪，还不到吃晚饭的时辰啊！宗助浑身轻松地盘腿坐在火盆旁边，嘴里嚼着酱萝卜，一口气连连扒了四碗开水泡饭。约莫过了半个钟头，阿米自个儿醒过来了。

十三

　　好久没有理发了，心里惦记着要过年了，宗助这才跨进理发店的大门。大概到了年关，顾客特别多，"咔嚓咔嚓"的剪刀声，同时从两三个地方响起来。门口马路上的人们急匆匆的，大家心情焦虑地都巴望赶快度过寒冬，早一天迎来明年的新春。宗助刚刚亲眼看到了那番情景。眼下这剪刀的响声，似乎也显得格外忙碌似的震动着他的耳膜。

　　宗助在火炉旁抽着香烟挨号儿，这时他也不能不被卷到这个同自己毫无关系的偌大的世界中去，不能不感到自己也要度过这个年关。新年就在眼前，他虽然没有什么新的希望可以追寻，但是受着这种环境的诱惑，心里总是激动难平。

　　阿米的病渐渐好了。家里的事不必那样操心了，所以宗助现在能和往常一样出来走走。春天在别人家里也许是个闲静舒适的季节，可对阿米来说，却是一年中最繁忙的时候。宗助想到今年一点没有准备，这个年将过得比平时还要简单。当他看到宛如死而复苏的妻子的清晰面影时，大大地松了一口气，感到可怕的悲剧又远离自己一步。但是这个悲剧何时以何种形式再次扑向自己的亲人，他无从知晓。这个朦胧的疑惧像一团迷雾一般时时悬浮在宗助的脑海里。

年末，世上那些好事者一心想使短暂的白天过得快一点。宗助望着他们那忙忙碌碌的样子，不由得陷入一种茫然的恐惧之中。他甚至想，要是可能的话，自己真愿意一个人留在阴冷暗淡的腊月。不一会儿，轮到宗助了，寒光闪耀的镜子里照出了自己的影子。他忽然迟疑起来，这身影究竟是谁呀？洁白的围裙从脖颈一直裹到下身，自己穿的衣服的颜色和条纹全都看不见了。这时，他又从镜子里看到理发师饲养的小鸟，这只小鸟正在笼子里的栖木上扑棱扑棱跳个不停。

宗助的头上洒了香水。他走出店门，身后传来理发师快活的送客声。宗助的心情十分轻松，他在凛冽的寒气里走着，心想，幸亏听了阿米的劝告理了发，果然变得精神焕发起来。

回家的路上，宗助想起自来水纳税的问题，有必要看看坂井的意思，于是顺便绕个弯儿到了坂井家。女佣出来说了声"请"，宗助以为仍然领他到客厅去，谁知这回却穿过客厅一直来到了茶室。茶室的隔扇拉开了两尺多宽，宗助听见里面传来三四个人的笑声。坂井家依旧那样热热闹闹。

主人坐在光洁的长火盆的对面，他的妻子离开火盆稍远些，紧挨着廊缘边的格子门，面向着这边。主人身后细长的木框里悬着挂钟。挂钟的右侧是墙壁，左侧是壁橱。那些纵横交错的字画中间，是碑碣的拓本，有配上短诗的写意画，有扇面画等多种。

除了房东和他的妻子，还有两个身穿窄袖棉布罩衣的女孩子，肩并肩坐着。一个十二三岁，一个十多岁。两人睁大眼睛，盯着从隔扇背后闪进来的宗助，眉梢和嘴唇边仍然充分保留着刚才的笑意。宗助环视了一下室内，除了父母女儿之外，还有一个奇怪的男人正襟危坐在门口。

宗助坐下来没过五分钟，就得知刚才的笑声是由这个奇怪的男人同坂井家里人的一问一答而引起的。这男人长着似乎沾满尘土的红头发，皮肤晒得黝黑，好像终身都难以消退。他穿着钉有瓷纽扣的白布衬衫，自家制作的粗布棉袄领子上，系着一根像钱包带子一般的长长的绦子。一看就知道他是个很少来东京的遥远的山区人。天气很冷，这男人向前伸了伸膝盖，搜出别在腰带上的手巾擦了擦鼻子下边。

"他是从山梨县贩布料到东京来卖的。"

听到房东坂井的介绍，那男人对着宗助打招呼：

"老爷，请您买一些吧。"

宗助这才看到，地上散乱地摆着丝绸、衣服和白缎子。宗助看到他那粗鄙的打扮和笨拙的口舌，却背来这么多高级货兜揽生意，真有点不可思议。房东太太对他说，这位织布匠住的村子尽是石头地，不产稻子，也不产小米，只好种桑养蚕。那里是个贫穷的地方，只有一户人家有挂钟，三个小孩上高小。

"听说就他一个人认识字呢。"太太笑道。

"是真的，太太。能写会算就我一个，你看惨不惨。"他一本正经地肯定了房东太太的话。

织布匠把五颜六色的丝绸布料摆到房东和他的太太面前，

再三央求："赏个脸吧！"房东回答说太贵了，叫他降到多少多少。他用奇特的乡下人的土语应对道："太贱啦！""拜托您啦，买几件吧！""随便挑多少都成啊"。他每说一句，大家就笑上一阵。看来房东夫妇又闲下来了，他们同织布匠半开玩笑地谈个没完没了。

"卖布的，你挑着布担儿出来，到时候总要吃饭的吧？"房东太太说。

"不吃饭哪成，肚子不愿意啊。"

"到哪儿去吃呢？"

"到哪儿吃？还不是到茶屋子。"

主人笑了，问他茶屋子到底是啥地方。织布匠回答，茶屋子就是管他饭的地方。他说到东京之后，吃起这边的米饭来很香甜，要是放开肚皮吃，哪家旅店也吃不起，一天三顿太难为情了。他的话又惹得大伙好一阵笑。

织布匠到底还是卖给了房东太太一匹缎子和一匹白罗纱。在这个用钱紧张的年关里，宗助看到竟然还有人有钱买夏天用的罗纱布，可想她是多么特别。

"怎么样，你也来几件，给你夫人买一套衣料吧。"房东劝宗助。他太太也说，趁这时候买，价钱可以便宜好多。

"什么时候付钱都成。"织布匠应道。于是，宗助为阿米买了一段绵绸。经房东再三讲情，降到三日元。

"太不值钱啦，我直想哭啊。"降价以后，织布匠说。

听了他的话，人们又一次笑起来。

织布匠不管走到哪里，似乎都是用这种山乡俚语同人说话。每天到他所熟悉的人家转上一圈，肩上的担子越来越轻，最后只剩下蓝色包袱皮儿和真丝绦子。他说，这回正好赶上旧历的新年，他要先回到家乡，在山里度过富有传统习惯的春天，明年再挑新的织物来卖。看样子他要赶在四月或五月初养蚕大忙之前把现货换成金钱，回到他那坐落在富士山北麓的满布碎石的小村庄去。

"从你第一次来我家，至今已过了四五年了。不管哪一回看到你都一样，一点也没有改变哩。"房东太太说。

"真是个好样儿的！"主人也称赞他。

如今的世道，三天不出门就不知马路是何时拓宽的；一天不读报就会忽略电车究竟通到了哪里。然而这位山里人每年两次来到东京，浑身上下一直保持着山野人家的本色，实在是难能而可贵。宗助目不转睛地看着这位织布匠的容貌、态度、穿戴和举止，不由得泛起了怜悯之情。

宗助辞别了坂井，那只包着绵绸布的小包儿，在穿着双层外套的两只胳膊里换来换去。他的眼前始终浮现着用三日元的低价把货卖给他的那位山里人的影子：棉布裤褂上染着粗糙的花纹，一头乱蓬蓬的红头发，没有一点油性，不知为啥，却能够很整齐地从头部中央左右分开。

阿米在家里好容易把宗助春天穿的外套缝好，放在坐垫底下，自己坐在上面压着，这样可以代替镇石。

"今晚你自个儿铺好床睡觉吧。"阿米望着宗助说。丈夫向她谈到那位打山梨县来的山里人的故事。阿米也高声大笑起来。她把宗助带回来的绵绸的花色、质地左看右瞧，连连说着"便宜、便宜"。这绵绸确实是好货哩！

"他怎么愿意这样贱就卖呢？"阿米最后问。

"看来那些布贩子从中赚得太多啦。"宗助似乎从这一段绵绸上推测出其中的奥妙来了。

接着，夫妇俩谈到坂井家生活富足，纵然有钱，也不愿意被横街那个家具店老板意外地赚上一笔，而是常常用低价从这位织布匠手里购买不急用的便宜货。最后夫妇俩的话题又落到坂井家里如何欢乐、如何热闹这一方面来。说到这里宗助突然改变了语调，他提醒阿米：

"不光有钱，还因为他家孩子多。只要有小孩子，再贫困的家庭也会产生欢乐。"

阿米听到宗助的话语里，多少流露出对他们寂寞生活的困窘和苦恼，不由得放下膝盖上的布料，望望丈夫的脸。

宗助从坂井家归来，给阿米带回了这件心爱之物。他好久没有这样做了，自以为会使她高兴一阵子，所以没有特别地留意妻子的表情。阿米也只是看了他一眼，一句话没有说。到了晚上该就寝了，阿米一直拖延着，不肯去睡。

像往常一样，两个人过了十点钟才上床。阿米看到丈夫还睁着眼，便对他发话了：

"刚才你是说没有小孩太寂寞了，是吗？"

宗助确实是就一般类似的事情而言的。他这样说绝不是顾影自怜，绝不是为了刺激阿米以便观察她的反应。因此，经阿米这样一问，感到十分难堪。

"我不是指自家的事啊。"

阿米听到他的回答，沉默了一阵。过一会儿，她又把刚才问话的意思重复了一遍：

"你老以为家里太无聊、太冷清，才说出这种话来的吧？"

宗助头脑里本来就是这个看法，心想这回叫你说对了。不过，他怕阿米伤心，没有敢明白地坦露出来。为了使病后初愈的妻子心情宽舒些，觉得还是把这当成玩笑话搪塞一下为妙。

"论起寂寞来，可我也并非不寂寞啊。"他本想改换语调，尽量说得轻松点儿，谁知到这里打住了，再也找不出一句更有风趣的话来。

"快别谈这个啦，你不必担心。"他只好这样说。

阿米闷声不响。

"昨天晚上又失火啦！"宗助想改变话题，和她拉拉家常话。

"我实在对不起你。"阿米忽然痛苦地把话说了一半，又沉默了。像平时一样，壁龛里点着油灯，阿米背向着灯光，宗助看不清她脸上的表情，听声音似乎是在哭泣。刚才还在仰望天花板的宗助，这时马上把目光转向妻子。他凝望着昏暗灯影里的阿米的脸。阿米也在黑暗中盯着宗助。

"早想把心里话诉说诉说，并向你请罪，请你原谅。可这件事很难开口，所以才拖到了今天。"她哽咽地说。

宗助全然不懂她的意思，觉得阿米有些歇斯底里，可又不敢断定。他有些茫然起来。

"我是不会生孩子的啦。"阿米鼓足勇气说了这样一句话，她绝望地哭了起来。

听到阿米的自白，宗助不知如何安慰可怜的妻子，他感到自己实在对不起阿米。

"快别说啦，没有小孩照样生活。崖上坂井先生生了那么多，别人看来反而觉得是个麻烦，家里像幼儿园一样。"

"不过一个小孩子没有，你恐怕不自在吧。"

"现在还不能肯定没有，也许今后会生的呀。"

阿米又哭起来。宗助也没了主意，只好等她自己平静下来不再发作，然后再听她慢慢诉说。

他们夫妻结合以后，日子过得比别人美满，可在生孩子上却比街坊邻居不幸得多。如果根本不能生也就罢了。因为可以生养，都是半道上失掉的，这就更加叫人感到不幸。

第一次感到身子沉重，是在两口子离开京都到广岛过着清贫生活的时候。阿米发现怀孕了，这件事自己从未经过，她又惊又喜。她满怀希望地过着日子，对未来充满梦幻般的憧憬。宗助感到他同阿米之间看不见摸不着的爱情火种，终于化成有形的东西，心中别提有多高兴了。他兴奋地屈指计算着，这个融进了自己生命的肉块何时才能在自己面前蹦蹦跳跳呢？谁知出乎他们夫妇俩的预料，胎儿五个月突然下来了。那阵子，两口子每月的收入十分拮据，日子过得很艰苦。宗助望着流产以后阿米那张清癯的面孔，断定是由于劳累造成的。爱情的结晶就这样被贫困吞噬，永远也捞不到手中了。他们都很痛苦，阿米一个劲儿地啼哭。

迁到福冈后不久，阿米又想吃酸东西了。她听人说一次流产就会成为习惯，于是百般小心，处处留意。所以孕期还算平安。然而又不知什么原因，孩子不足月就生了。接生婆想了想，劝他们找大夫看看。大夫看了后说，胎儿发育不全，室内必须提高温度，用人工加温的办法保持恒温，使之昼夜不变。对于宗助来说，临时要在室内安装炉子等取暖设备，不是太容易的事。两口子倾尽全部的精力和钱财守护婴儿的生命。但是，到头来一切都成为徒劳。一周以后，这个凝聚着两人骨血和感情的肉块终于变冷了。"叫我怎么办呢?"阿米抱着死去的婴儿啜泣。

作为男子汉的宗助,又受到一次重大打击。他看着这个冰冷的肉块化成了灰,灰又掺上了黑土,一句话都没有说。不知何时挟在他们之间的影像越去越远,渐渐消失了。

接着,第三次回忆又浮现出来了。宗助搬来东京后头一年,阿米又怀孕了。初来东京那阵子,由于身体十分虚弱,不要说阿米,连宗助也都加倍小心起来。"这回可不能再丢掉啦!"两人都下了一番苦心,平平安安地度过了最初的几个月。不料到了第五个月,阿米又遭到意外的挫折。那时家里还没有安装自来水管,一早一晚女佣都得到井台边挑水、洗衣服。有一天,阿米要去吩咐女佣做活。她来到井台水管旁边的木盆附近说完话,想顺便把水管引到对面去,不小心在青苔木板上滑了一跤,一屁股坐下了。阿米担心摔出毛病来,但又怕丈夫埋怨自己的疏忽大意,就一直瞒着宗助,什么也没有说。后来,她看到这次摔跤对胎儿发育没什么影响,自己的身体也没有出现任何异常,渐渐放了心,就把那次过失当着宗助讲了。宗助一点没有怪罪妻子的意思,只是更加关照她多注意:

"一不小心就会出乱子啊!"

总算挨到了月份,眼看就要到产期了。宗助去机关上班也时时记挂着阿米。每次回家,再晚也要在格子门外站上一阵子,心想该不是自己不在的时候,孩子已经出生了吧。有一次,他没有听到预期的婴儿啼哭,以为又出了事,急急忙忙跑回家中。这才发现自己的莽撞和粗疏。

幸好,阿米临盆时正是半夜,宗助没有外出,能够待在身旁伺候她。这真是太好了。接生婆也请来了，药棉和其他用具都准备停当，产程也很顺利。然而，这小心肝在逃离子宫来到广大的人世之前，却未能呼吸一口世间的空气。接生婆拿起一根像是细玻璃管的东西，拼命向小嘴里吹气，但丝毫没有奏效，生下来的仍然是个死胎。夫妇俩从这个肉块上分辨出了眼睛、鼻子和嘴巴，但一直没有听到咽喉里发出的声音。

接生婆临产一周之前就来仔细听过胎儿的心脏，她临走时下了保证：一切都很正常。就算接生婆的话说错了，胎儿在发育期间某处发生停滞，那要是不立即取出来，母体也就不会安然无恙地挨到今天。宗助一点点检查着，当他发现从未听说过的事实时，不由得吃了一惊。胎儿出生前一直很健康，可是脐带绕颈，也就是通常所说的胞衣裹住了脖子。出现这种异常，一切只好仰仗接生婆的本领了。一个有经验的接生婆，她会麻利地把脖子上的胞衣扯掉，顺势将胎儿拖出来。宗助请的接生婆相当年老，这种事应当是得心应手的。可是胎儿脖子上的脐带不止缠绕了一圈，而是两圈。当接生婆在胎儿细小的脖颈上扯除胞衣时不小心滑了手，婴儿的气管被勒住，顿时窒息了。

虽然应当怪罪接生婆，可至少有一半是阿米自己造成的，脐带绕颈这种奇异的状况，五个月之前，阿米自己在井台旁摔痛屁股的时候就已经形成了。产后，阿米坐月子的时候，听到这番道理微微点头，没有吱声。她那因疲劳而凹陷的眼睛湿润了，睫毛不停地忽闪着。宗助一面安慰她，一面用手帕给她擦去腮边的泪水。

这就是夫妇俩关于生孩子的一段往事。这种痛苦的经历，使得他们再不愿提起小孩子的事来。然而，在他们生活的基调里，这种记忆却留下了凄凉的影子，一时不容易消退。有时候，一阵欢乐过后，彼此的心里总笼罩着一团淡淡的愁云。正因为如此，阿米根本不想再把过去的历史重新翻腾出来。宗助也觉得没有必要听妻子把往事再抖搂一番。

阿米所说的要向丈夫坦露的，并不是两人原来共同经历的事情。她失掉第三胎以后，听到丈夫讲起当时的情景，感到自己是个残酷的母亲。尽管自己没有沾手，可细想起来，为了夺回用自身的血肉造就的胎儿的生命，一味在黑暗和光明的歧路上等待，这就等于将它绞杀。当阿米这样想的时候，她不能不把自己当成十恶不赦的罪犯。她独自一人承担着道德上的无情苛责。在这个世界上，没有人会了解她，和她共同分担这样的苛责。就连自己的丈夫，阿米也没有向他诉说过这种痛苦的心境。

她当时也像普通的产妇一样，在床上躺了三个星期。这对于身体来说，是极其安静而舒适的三个星期。可对于精神来说，又是痛苦难熬的三个星期。宗助为亡儿做了一口小棺材，举行了一个不大惹人注目的安葬仪式。而后又制作了小牌位，上面用黑漆写上戒名。牌位的主人是有戒名的，可是他的俗名呢？就连父母也不知道。起初，宗助把它供在茶室的衣橱上面，从机关一下班回来就焚起香，香烟时时飘到躺在六铺席房子内的阿米的鼻子里。她当时的嗅觉灵敏得出奇。过不久，也不知宗助打的什么主意，又把小牌位收进衣橱的抽斗底下。那里放着在福冈死去的儿子的牌位和在东京死去的父亲的牌位，两个牌位都用棉花裹得严严实实。典卖东京住宅的时候，宗助考虑到将祖先的牌位全都带上，这会给漂泊生活带来麻烦，于是就把新死的父亲的牌位收到包里，其余全部安放在寺庙里了。

阿米躺在床上，通过眼睛和耳朵知道宗助所干的一切。她仰卧在被子里，脑子里有一条看不见的长长的因果报应的细丝，将两个牌位联结在一起。这细丝越抽越远，最后穿过牌位系到了那个渺无形状、只剩下一团模糊影子的死婴身上。阿米在广岛、福冈和东京各留下一个记忆。她看到这个记忆的深处，有一个严酷的、不可动摇的命运支配着一切。她只能置身于这种严酷的支配之下，做一个饱尝辛酸的母亲，莫名其妙地苦度岁月。她的耳畔不时传来诅咒的声音。三周来，她躺在床上，强使自己安心地静养，同时，这种诅咒的声音又绝于耳。三周的静卧，对于阿米说来，实在是凄楚难耐！

阿米在枕头上用凝思和遐想，送走了这苦痛的半个多月的时光。最后，她虽然想强忍着躺下，可总是受不了。在护士回去的第二天，她就悄悄起身出外散步。然而，满心的烦闷一时又排除不掉。虽然强迫着倦怠的身子活动了一下，可头脑丝毫没有转动。她失望了，到头来还是理好被子一头钻了进去。她紧闭着双眼，想极力避开这个人世。

说着说着，月子里的三周时间过去了。阿米的身子又变得自由而轻松了。她把地板收拾得干干净净，再一次对着镜子照了照那充满生气的眉宇。是更衣的时节了。阿米脱去穿了很久的厚棉衣，浑身上下又舒畅，又爽利。春夏之交的日本，自然风物万紫千红，给阿米寂寞的头脑增添了不少生趣。然而，眼前的风景也撩拨着沉积多年的旧事。此时，阿米心中对暗淡的过去产生了一种好奇。这种好奇，在眼前灿烂的春光里使她兴奋起来。

一个天朗气清的上午,阿米像平时一样送走了宗助以后,旋即出了大门。眼下正是女人家打着阳伞外出的时节。她乍在太阳下面走路,额头边微微渗出了汗珠。走着走着,阿米想起换衣服的时候,一打开衣橱,手就触到了抽斗底下那只新牌位。于是她一头钻进了占卦人的家门。

同多数文明之士一样,她从孩提时代起就迷信神明。然而,也和多数文明之士一样,在她的一生中,这迷信表面上看起来只不过是一种游戏。如果说它也能触犯严酷的现实生活的一部分,那是极为罕见的。阿米此时恭恭敬敬、十分虔诚地坐在占卦人面前,询问上天是否赐给她将来养育子女的命运。这位占卜师同那些在街头摆摊、向过往行人索取一两文钱的算命人完全一样。他摆弄着算筹,揉搓着筮竹,口中念念有词,又捋着腮下的胡须认真思考了一番,这才盯着阿米的面孔,沉静地宣告:

"你不会有孩子的。"

阿米没有吱声,她在心中仔细琢磨占卜师的话,然后抬起头来问:

"为什么?"

不等占卜师回答,她又反复思索起来。

"你做过对不起人的事,罪有应得,所以绝不会养育孩子的。"占卜师死死盯着阿米的眉间,果断地说。

阿米听到这话,感到乱箭穿心般地难受。她绝望地耷拉着脑袋回到家中。当天晚上,她连丈夫的脸孔都没有看一眼。

阿米过去一直没有向宗助坦露的心事,指的就是占卜师的断言。今晚，壁龛里点着油灯，夜深人静，阿米才把这件往事告诉了宗助。他听罢，心中顿时有些不快。

"神经不正常的人才到那些混账地方去。钱花了，也没有得到好报应。往后还到占卜师家去吗？"

"太可怕，再也不去啦。"

"不去就好，你呀太傻气。"

宗助从容不迫地应了一句，又睡着了。

十四

　　宗助和阿米是一对情投意合的好夫妻。两人一道度过了六年多的岁月，至今没有闹过一次别扭，也从未脸红脖子粗地吵过嘴。两口子从服装店买衣服穿，从米店里买米吃。此外，再没有多少事需要求助于社会的了。日常除了买一些生活必需品，他们几乎不再意识到社会的存在。对于他们绝对不可缺少的是他们自己。他们彼此都能使自己感到心满意足。他们虽然住在城市，但却抱着寓居山野的心情。

　　自然形势的发展，使得他们的生活不能不流于单调。他们避开了复杂的社会生活给人们造成的烦恼，同时也失掉了通过各种活动直接从这个社会吸取经验的机会。结果，他们虽然身居城市，却自动放弃了住在城市的文明人所享有的特权。他们也常常意识到自己的日常生活毫无变化。夫妇俩彼此互相取得了满足，再没有任何其他的需求了。但是，他们心中都潜在着一种漠然的苦衷，因为他们的生活内容实在太贫乏而缺少刺激了。尽管如此，他们还是每天例行公事，毫无厌倦地度过了漫长的日月。这并非由于他们一开始就对普通的社会失掉了兴趣，而是因为社会老跟这对夫妇作对，使他们遭受了冷遇。他们找不到向外生长的余地，就只好向内向深发展。他们的生活虽然失去了广度，却获得了深度。六年来，他们同人世没有散漫的交往，但却用六年的岁月，彼此挖掘了对方的心灵。他们的生命寄托在两人灵魂的默契之上。在世人眼里，这对夫妇依然是普通的夫妇。但在他们彼此看来，两个人已经成了道义上不可分离的有机体。构成这对夫妇精神境界的每一根纤维，都是双方相互绞合而成的。他们简直像掉落在大水盘的两滴油，将水弹起以后便自然地汇聚在一处了。不，他们是被水弹了起来，就势结为一体，再也分不开了。也许后一种评价对他们来说更为适当。

他们在相互契合之中找到了普通夫妇难以得到的亲密和满足，同时伴随而来的也有一种倦怠感。他们的内心被这种抑郁的倦怠占据了，然而他们从来没有忘记自己是幸福的。有时，这种倦怠在他们的意识里张起一道梦幻的帷幕，给两人的爱情罩上扑朔迷离的异彩。但这绝不会给他们造成灵魂将要受到洗刷的不安。总而言之，正因为他们疏远人世，才得以成为一对情深义重的夫妻。

他们一天一天始终不渝地过着异乎寻常的和睦的日子。正像两人有时候无意识地互相对望着一样，他们时常在心目中体味着夫妇间的温暖情意。每当这种时候，他们不能不回溯一下夫妻俩相亲相爱所度过的岁月。他们想到，当时是付出多大的牺牲才果敢地结婚的啊！他们胆战心惊地屈从于自然的摆布，承受着命运的可怕的报复。同时他们对于受到此种报复而争得的幸福，也从来没有忘记在爱神面前供献一炷香火表示感念。他们一边遭受鞭笞，一边走向死亡。他们深刻地感到，这鞭子的梢头凝聚着能使一切创伤得以愈合的甜蜜的东西。

学生时代，作为一名具有相当资产的东京人家的翩翩少年，宗助同其他学生一样，有着共同的超脱世俗的嗜好。当时，他在衣着、行动、思想等方面，都充分体现出当代才子的风貌。他想在这个世界上昂首阔步。他的衣领雪白，西装裤脚整齐地翻卷着，露出织成花纹的开司米洋袜。与此相同，他的思想也是向往浮华世界的。

他生来是个头脑敏捷的人。所以，学习对他来说，并没有费多大力气。他认为做学问是走向社会的方便之门，不先从社会上后退一步，就无法达到目的。他对学者的地位并没有多少兴趣。他在课堂上也同其他学生一样，记了许多笔记，可是回到家里，很少复习和巩固。请假所缺的功课大都没有补上。他的宿舍的桌子上，整整齐齐地堆积着这些笔记本。他经常离开井然有序的书斋到外面闲逛。朋友们羡慕他心胸旷达，宗助也颇为得意。美好的未来像彩虹一般在他眼前闪耀。

那时候的宗助同现在不一样，他有很多朋友。说实在的，所有的人在他快活的目光里都成了毫无区别的朋友。他是一个不知"敌人"是何物的乐天派。他的青年时代过得十分惬意。

"只要你不绷着脸儿，走到哪里都会受到欢迎的。"他经常对同学安井这样说。他从来没有因为自己的表情严峻而引起过别人的不快。

"你身体结实，这太好啦!"身子有点毛病的安井，非常羡慕宗助。

这位安井是越前[1]人，长期住在横滨，言谈举止同东京人完全一样。他喜欢穿戴，长长的头发，从正中央分开来。上高中时，安井和宗助虽然不在一个班级，但听课时老是坐在一块儿。安井听不明白的地方，过后时常问宗助。两人谈着谈着成了好朋友。那时候正赶上新学年开始，安井给来京都不久的宗助提供了很大方便。在安井的陪同之下，宗助如醉如痴地游览了这块新来的土地上的风光。两个人每天晚上都要到三条或四条的繁华街道上散步，有时还打京极这块地方穿过。他们站在桥中央，眺望鸭川的河水，观赏从东山静静升起的月亮。他们感到京都的月亮比东京的月亮又圆又大。在他们看厌了大街和行人之后，又利用星期六和星期日远行到郊外。那里到处生长着青翠茂密的竹林。有几棵树干上呈现深红颜色的松树，在阳光返照之下别具风采。这些都使他赏心悦目。有时两个人还登上大悲阁[2]，瞻仰即非[3]所题的匾额，倾听溪谷里摇橹的声响。那橹声宛如天上大雁的鸣叫，引起他们很大的兴趣。有时来到平八茶馆[4]，在这里睡上一天。他们还叫老板娘烤味道不算佳的河鱼串当作下酒的菜。这位老板娘顶着毛巾，穿着蓝色的束腿裤子。

新的生活的乐趣，使得宗助的欲望暂时得到了满足。然

---

1 旧国名，今日本福井县。

2 京都岚山千光寺的观音堂。

3 即非如一（1616—1671），我国明代名僧，1657年应招赴日，同隐元、木庵号称黄檗三僧，工书法。

4 位于京都左京区山端，以善做河鱼菜而著名。

而，当他浏览了一遍这古都的风物之后，又发现这里的一切都很平淡无奇。那美丽的山峦和碧清的流水，再不像刚来时那样能在他的头脑里留下鲜明的印象了。他为此而感到不满足。他怀抱着一腔青春的热血，但是他没有看见一片清幽而碧绿的树林足够使他的头脑冷静一下。相反，他也没有遇到过一项剧烈的活动而把内心的热情充分燃烧起来。他浑身的血液在急剧地奔流，他的精神十分振奋。他抱着胳膊坐着，眺望四面的山色。

"这个古老的地方我已经玩够啦。"他说。

安井笑了，为了同宗助做个比较，他把自己认识的一位朋友家乡的故事讲给宗助听。那里是有名的驿站，净琉璃[1]里的《间之土山雨》这段有名的故事就发生在这个地方。安井说，从早晨起床到晚上就寝，在这里所能见到的除了山还是山，简直就像锅底一般。逢到阴雨连绵的季节，就给这位朋友幼小的心灵带来不安，他怕四面山上流来的雨水会淹没自己所居住的驿站。宗助想，再没有比住在这种锅底一般地方的人的命运更不幸的了。

"住在这种地方的人能很好地生活下去吗?"宗助带着不可思议的表情对安井说。

安井笑着，他还把从朋友那里听来的趣闻三番五次讲给宗助听。他说，这山里出身的人当中，最奇特的莫过于"舍得人头换千金"这个笑话了。宗助已经对偏狭的京都产生了厌恶的情绪，不过他想，这些故事倒也能为单调的生活增加一些光

1　日本古典说唱艺术。《间之土山雨》系"马子歌"（即赶马人的歌）的一节，后被收入著名净琉璃作家近松门左卫门的作品《丹波与作待夜之小室节》中，故事里的驿站位于滋贺县甲贺郡的土山之上。

彩，一百年里有那么一次也是必要的。

那时，宗助的眼睛总是投向新的世界。大自然向他展现了一年四季的景色变化，他认为没有必要为了唤起去年的记忆再去观赏春花和秋叶了。他只想从热烈的生活中尽情享受生之欢乐。对他来说，只有活着的现在和将要活下去的未来才是眼前的切实问题。而那渐渐消逝的过去，只不过像缥缈的梦境一样变得毫无价值。他看够了这凋落斑驳的神社和荒僻冷寂的寺院。他没有勇气掉过头去回顾一下淡漠的历史。他的精神没有枯竭，致使他停留在恍惚的往昔而徘徊不前。

学年结束的时候，宗助同安井约好再会的日期便分手了。安井打算先回老家福井县，然后再到横滨去。他说到时候会写信通知宗助的。他想尽量同宗助一起乘火车回京都。如果允许的话，还可以在兴津住一宿，看看清见寺[1]、三保松原[2]和久能山[3]的风景，好好玩玩。宗助十分赞同，他心中暗想，当自己接到安井的明信片时该是怎样的心情。

宗助回到东京那时候，父亲还很健壮，小六仍然是个孩子。离开一年了，他又重新尝受了都市的炎热，呼吸着煤烟，反而觉得快活。有时他站在高处向下一望，太阳底下，房顶的砖瓦绵延数里之外，像烟波浩渺的海洋。哦，这就是东京！在今天的宗助看来，一切令他眼花缭乱的事物，当时都以壮观、宏伟的景象深深印在他的头脑里。

他的未来像一朵包裹得紧密的蓓蕾，在未开放之前，不但

1　静冈县兴津町古刹。

2　静冈市东边的丘陵，德川家康曾葬于此，后迁葬日光。

3　位于静冈县清水市东南突向骏河湾的海岸，是观赏富士山胜景的地方。

别人不得而知，就连自己也捉摸不透。宗助朦胧地感到自己的前途似乎是远大的。就是在这年暑假里，他也没有放松考虑自己毕业以后的打算。他虽然还没有决定离开大学后进入仕途还是从事实业，但不论选择哪一条道路，从眼下开始就得努力争取，这才是最有效的办法。他直接得到了父亲的介绍，又通过父亲间接获得了父亲的朋友的提携。他物色了一些对自己前途有影响的人士，去拜访了两三家。他们之中有的借口避暑早已离开东京；有的远行在外；有的因事务繁忙，只能在工作单位见见面。这天一早七点光景，太阳还没有升高，宗助就乘上电梯来到砖瓦建筑物的三楼。到会客室一看，有七八个人和他一样，在等待同一个人。宗助十分惊奇。他来到这种新地方，接触新事物，不论事情是成是败，能亲眼看看过去未曾见到过的活生生的世界，心里有一种说不出的愉快。

宗助每年按照父亲的吩咐，都要帮助家里晾晒衣物和书籍，这也是他感兴趣的一项工作。他坐在冷风刺骨的仓库门前的潮湿石板上，珍爱地观赏着家中祖传的《江户名胜图》[1]和《江户砂子》[2]等珍本。有时又坐在客厅正中暖和的坐垫上，将女佣买来的樟脑分装在小纸包里，像医生发药那样包好。此时，宗助想起幼年时候来。他想起那香味浓郁的樟脑；想起大汗淋漓的盛夏；想起炮烙灸[3]和蓝天里悠然飞旋的鸢鹰。

不知不觉地到了立秋时节。九月初，又刮风又下雨。空中飘浮着墨黑的云层，两三天来温度时升时降。宗助又用麻绳捆

1 描绘江户（今东京）名胜的地志，斋藤幸雄编，长谷川雪旦绘。
2 江户地志，菊冈沾凉编著。
3 用浅底陶钵燃艾叶置于头部，以治疗头痛等病症。

好行李，准备回京都去。

这期间，他没有忘记同安井的约会。当宗助刚回家时，心想还有两个多月，急什么。谁知时间一天天临近，他记挂起安井的消息来。自从分别以后，安井没有寄来过一封信。宗助向安井的家乡福井发了信，也一直没有回音。宗助本想再向横滨方面打听一下，但是安井没有留下住址和街道名称，所以再也想不出好办法来了。

临行前一天晚上，父亲把宗助叫来，按照宗助的要求，在盘费之外又给了他一些零用钱，好供路上两三天的食宿和到京都以后的花销。

"要尽量节省才行啊！"父亲提醒他。

像普通人家的儿子对待老子的训诫一样，宗助倾听着父亲的话。

"到明年才得见面，可要处处当心哪！"父亲接下去说。

谁知到了第二年该回来的时节，宗助没能回家。等以后回来时，父亲的遗体早已冰冷了。直到现在，他每逢想起父亲的面影，心中还直觉得难受。

眼看要出发了，宗助这才接到安井的来信。拆开一看，信中说：本打算如约一道回来的，临时有些要紧事，所以先走了一步，实在抱歉。还说到了京都再见面吧。宗助把信揣进西装里面的口袋里，登上火车。他按计划来到兴津下了车，孤身一人出了月台，沿着一条街向清见寺走去。夏令已过，到了九月初，大部分避暑的客人早已返回，旅馆比较空闲。宗助伏在能够眺望海景的一间房子里，给安井写了两三行文字的回信。里面说，你不来，我只好一个人到这里来了。

第二天，他仍然按计划独自一人游览了三保和龙华寺，搜集了许多见闻，作为到京都后同安井聊天的材料。然而，也许是天气不好或者没有旅伴的缘故吧，他不论是登山还是望海，总觉得没有多大意思。待在旅馆里吧，太闷气。于是，宗助匆匆换下浴衣，连同印花腰带一起搭在栏杆上，离开了兴津。

　　抵达京都的头一天，由于坐夜班车太疲劳，又收拾了一会儿行李，时光不知不觉地便过去了。第二天走进学校一看，老师还没有到齐，学生也比往日少。奇怪的是到处看不见安井的影子。按理说，他要比自己早来三四天呢。宗助一心记挂着安井，回来时特地跑到他寄宿的旅馆去。安井的住处位于水木清华的加茂神社旁边。暑假之前，他就想到闲静的郊外去读书，所以特地选择了这个交通不便的、富有田园风味的乡下来。他找到的这户人家，外面围着两道土墙，装扮得古色古香。宗助曾经听安井讲过，这里的主人原是加茂神社的一位神官。他有一个能言善辩的妻子，四十光景，操一口京都方言。安井就是由她照料的。

　　"所谓照料，只不过一天三餐做点不合胃口的小菜送来就是了。"安井刚搬来不几天，就曾经跟他说过这位女主人的不是。宗助到这里来探望过安井两三回，所以他认识这位不善于烹调的女主人。她也记得宗助，一看到他，就忙着亲热地打招呼，十分殷勤。本来是宗助来向她询问安井的消息，谁知她倒先开了口。据这家女主人说，安井自打回乡到今天，一点音信也没有。宗助满腹疑团地回到了自己的住处。

　　此后的一周时间内，宗助每逢去学校，总是想，今天一定能见到安井，或者明天一定能听到他的声音。他每天都是抱着这种希望推开教室的门，然而每天又是带着失望和不足走回来。最后三四天，宗助与其说是想早些见到安井，不如说是担心着安井的安全。因为安井特意写信给他，说有要紧事要先回来，怎么等到现在不见踪影呢？作为一个朋友，宗助总放不下心来。他向所有的同学打听了千遍万遍，谁都不知道。只有一个人，说昨晚在四条街的人群中见到一个穿单衣[1]的男人，样子很像安井。听到这个消息的第二天，也就是宗助到达京都后约莫一个星期，安井果然穿着一身单衣找到宗助的住所来了。

宗助望着一身夏装、手里拎着草帽的分别已久的朋友，发现他的脸上增添了什么新的东西，这是暑假前所没有的。安井乌黑的头发上搽着油，十分得体地分向两边。他告诉宗助，自己刚刚从理发店里出来。

当晚，他和宗助兴致勃勃地闲谈了一个多钟头。安井那凝重的口齿，在宗助面前总显得不够果断的语调，以及一开口就"然而、然而"的口头禅，都和寻常没有什么不同。只是他没有说明自己为何要比宗助先行离开横滨，也没有告诉宗助他中途在什么地方拖延了时间，以至比宗助晚到京都。但是他明确地告诉宗助，是三四天前才回到京都的，暑假前住过的寓所还没有回去过。

"你现在住在哪儿？"宗助问。

他告诉了宗助自己现在住处的名称。那是位于三条街附近的三流房子，宗助知道这个地方。

"为什么到那地方去呢？想长期待下去吗？"宗助又问。

---

1 原文作"浴衣"，系夏季穿的单层和服。

安井只推说住在那地方有点事要办。

"我不想住旅店了，想租赁一座小宅子住住。"安井说出了自己的计划。宗助听罢，吃了一惊。

又过了一周光景，安井果然像他对宗助说过的那样，在学校附近的僻静地方安家了。这是一幢京都常见的阴暗而狭窄的老式建筑，柱子和门都涂成了黑红颜色，更显得古旧。门口有一棵不属于任何人所有的柳树，长长的枝条随风飘拂，几乎扫到了房檐。宗助望着这里的情景，觉得庭院也和东京不一样，收拾得还算整齐。这里到处不缺石头，一块巨石占据着客厅的正面，石头下边的阴凉地里生长着好多苔藓。后院里有一间储藏室，门槛烂掉了，空空地闲着。再后面是厕所，一出一进能够望见邻家的一片竹林。

宗助来这里访问是在开学后不久的十月里。他至今还记得当时秋老虎仍然很厉害，从住地到学校来来往往要打阳伞。他把伞拢好放在格子门前，向屋内窥伺了一下，忽然闪过一个穿着粗条纹浴衣的女人的身影。格子门内是泥土地面，一直通到里边。宗助没有马上进入右手的房门。屋里虽然很暗，可也能看得分明。宗助站在那里，一直看着那个穿浴衣的背影消失在后门口。接着，格子门打开了，安井出现在房门外。

进了客厅闲谈了一阵，刚才那个女子一直没有照面，既听不到她说话，也听不到她走动。房子不算宽大，她就像待在隔壁，可是里边简直就像没有一个人。这位影子般娴雅的女子就是阿米。

安井滔滔不绝地说到了家乡、东京和学校里上课的情形，可就是对阿米的事只字未提。宗助也没有勇气去问，当天就这样分别了。

第二天，两人一见面，宗助的心里仍然记挂着那个女子，可嘴里什么也没有说。安井仍然像平时一样装作什么也不知道。本来他们两个同其他推心置腹的年轻人一样，心里是藏不住什么话的，两人曾多次在一起无所不谈。可是，安井谈到这里就支支吾吾，宗助也没有那么大的好奇心，非要追根求源不可。于是，各人都把女人的事闷在心底，从来也不提她。就这样，又过了一周。

那一个礼拜天，他又去看安井。因为有个聚会同他们两个都有关系。宗助到安井这里来完全是例行公事，同那女子毫不相干。但一走进客厅坐在同一个地方，看到墙根那棵小梅花树，就清晰地想起了上一次来这里的情景。这天客厅外边特别宁静，宗助不由得回忆起那位待在这个幽静环境里的年轻女子的影像。同时他也意识到这位年轻女子将同上回一样，绝不会出现在他面前的。

宗助正在这么想的时候，安井突然把他给阿米作了介绍。此时，阿米身上没有穿上一次那件粗布浴衣。她从里间屋子走出来，瞧那装扮，好像是正要出门，又好像刚从外面回来。宗助有些意外。他看到阿米没有穿什么绫罗绸缎，衣服的颜色和腰带的光彩都未能引起宗助的好奇。阿米同宗助初次见面，也没有太多地流露出青年女人常有的娇羞。看来，她比一般女子文雅恬静、沉默寡言。她态度安闲，来到客人面前同待在隔壁房子里没有多大区别。宗助由此推断，阿米之所以很少言语，不一定是因为羞于见人而尽量避开。

"这是我的妹妹。"安井介绍阿米时，用了这样一句话。

宗助同阿米斜对面坐下，谈了一阵子话。他发现阿米的语调里丝毫没有夹带家乡的方言。

"你一直待在家乡吗？"他问。

"不，在横滨住了很久。"未等阿米开口，安井作了回答。

原来那天两人正要上街买东西。阿米换下便服，不顾大热天，穿上了新做的白布袜子。当宗助知道在他们正要出门的时候被自己给耽搁了，心里着实有些过意不去。

"现在安了家啦，每天少不了要添置些新东西。一周里总要跑一两趟街呢。"安井笑道。

"咱们一起走吧。"宗助立即站起身来。

安井请宗助看了看家里的摆设。里间屋子放着一只带有洋铁皮灰簸箕的四方火盆，一把黄铜壶。古旧的水池子旁边放着崭新的小水桶。宗助看了一遍走出大门。安井在门上下了锁，说要把钥匙寄放在后院的人家里，就跑了过去。宗助和阿米等他的时候，又交谈了几句家常话。

宗助至今还记得他们两个在那三四分钟的时间里谈话的内容。那只不过是一个普通的男人对一个普通的女人表示亲密的极为简单的几句话。如果形容一下，就像水一样淡而无味。过去，他在街头巷尾碰到素不相识的人，必要时也是这样打招呼的，这种事儿不知道有多少回了。

宗助一一回味着当时极为短暂的交谈。那一字一句，几乎都是不带任何色彩的、听起来十分平淡的谈话。使他感到奇怪的是，这几句透明的言语为什么竟然能给他们两人的未来涂上一层鲜红的色彩呢？如今，这种红色随着时间的消逝，已经失去了昔日的光艳。那种把双方都能焚烧殆尽的情感的烈焰，现在也渐渐变成了黑色，两个人的生活沉浸在暗流之中。宗助回首往事，追溯事情发展的进程，心里品味着这种淡泊的交谈是如何给他们的历史施以重彩的。于是，他感到命运具有多么可怕的力量，它能够使平凡的小事衍化成神奇的大事。

宗助记得，当两个人站在门前的时候，他们的身影折了个弯儿，有一半印在围墙上。他还记得，阿米打的阳伞挡住了她的头部，阳伞不规则的影子落到了墙壁上。他还记得，初秋的太阳微微西斜，火辣辣地照在他俩身上，于是阿米打着阳伞，两人来到不太凉爽的柳树下。宗助还记得，那是一把紫色的阳伞，镶着白边儿。柳叶尚未褪尽绿色，他当时曾经后退了一步，把这两种色调对比地瞧了瞧。

今天想起这一切来是那么鲜明，那么平淡无奇。当时两人等着等着，土墙上又出现了安井的影子，三个人这才一起向街上走去。路上，两个男人肩并肩，阿米跟着草鞋落在后面。谈起话来也多半是男的对男的，而且也不长。宗助中途一个人同他们分开了，因为他要回到自己的住处去。

那天的情景一直印在宗助的头脑里。他回来洗完澡，坐在油灯前面，安井和阿米的姿影，仍然像一幅幅彩画一样打他眼里闪过。上床之后，宗助想到安井给他介绍阿米时说成是自己的妹妹，难道真的是他的妹妹吗？在向安井问明白之前，看来这疑惑是不大容易消除的。然而，他马上做出了臆断，他认为，从安井和阿米的关系来说，自己的臆断是很有道理的。他躺在床上，觉得事情有些蹊跷。在这种臆断的背后，一种莫名其妙的感觉在他的胸中低徊。他这才一口气吹熄了已经遗忘多时的油灯。

这样的记忆，到头来渐渐消失得连一点痕迹都没有了。在这之前，宗助和安井还没有疏远得连面都不肯见。那时候，两个人不仅每天都在学校里聚会，而且依然像暑假前一样保持往来。宗助去看安井时，阿米不一定每次都出来打招呼。那时，大体上每三回有那么一次，她仍然像头一次一样，一个人躲在隔壁房间里不肯露面。宗助对此也不介意。尽管如此，两个人还是逐渐亲密起来了，有时甚至能开几句玩笑。

不觉之间秋天又来临了。宗助仍然同去年一样，又要度过一个京都的秋天了。他觉得这种生活实在乏味。当他应安井和阿米之邀去采蘑菇的时候，他又从明净的空气里寻到了清新的芳香。三个人一起观赏红叶，从嵯峨野穿过山谷步行到了高雄。阿米卷起和服的下摆，布袜上面只露着长长的内裙，用细细的阳伞当拐杖拄着走路。阿米站在山头，看见太阳照耀着城内的河水。水底透明，清亮，看得又深又远。她回头望着两个人说：

"京都真是个好地方啊！"

同阿米一道观赏风景的宗助，听了她的话，也感到京都确实很好。

他们一道外出的机会并不算少，在家里也经常见面。有一次，宗助照例去看安井。安井不在家，阿米孤单单地坐在寂寥的秋光里。宗助问她一个人闷不闷，说着便进了客厅。两人坐在火盆旁，一边烤火，一边聊天，好长时间宗助才回去。有一次，宗助茫然地倚着寓所的桌子，正在为如何度过这段时间而发愁的时候，阿米飘然而至。她告诉他，出去买东西顺便路过这儿。宗助劝她喝茶吃点心，两个人闲聊了好大一会儿，阿米才回家。

　　他们你来我往，不知不觉之间树叶落光了。高高的山顶上，一个早晨变得一片银白。裸露的河滩也是白皑皑的，桥上的人影微微蠕动着。京都这年的冬天，阴冷异常，寒气不声不响地渗进了人们的肌骨。在这凛冽的寒气里，安井患了严重的流行性感冒，热度比一般伤风高得多。起初，阿米吓了一跳，好在发了一阵热，又马上退了。满以为这下子痊愈了，可一直没有除根。安井为疾病所折磨，每天的体温忽高忽低，弄得他十分苦恼。

　　医生说，安井的呼吸器官受了风寒，劝他换换地方。安井漫不经心地用麻绳捆扎着壁橱里的柳条箱，阿米锁上了手提包。宗助把他们两个送到七条街。火车还没有来，他们一起进了候车室，宗助有意说了些宽慰的话。

　　"来玩啊！"宗助走下月台，安井在窗户里喊。

　　"请一定来呀！"阿米也招呼了一声。

　　火车从红光焕发的宗助面前徐徐而过，吐着白烟向神户方向驶去。

　　病人在新的地方度过了年关。打从接到第一张彩色明信片起，安井每天都有信来。上面总是再三写道"有空来玩"，信中也必定夹着阿米的一两行文字。宗助把安井和阿米寄来的明信片单独放在桌子上，以便从外面一进来就能看到。他时常按顺序一张一张地重新翻阅。安井最后的一封信上说："病已全好了，马上就回去。虽然到了这里，却一直见不到你的面，实在遗憾。接到此信请马上来一趟。"这几十个字，就足以使得耐不住清闲和无聊的宗助心动了。他乘上火车，星夜到达了安井的住处。

　　三个人又在明亮的灯光下聚会了。宗助第一眼就看到病人的气色恢复过来了，比来这里之前好多了。安井说，他自己也有同感。他特意卷起衬衣袖子，独自抚摩着露出青筋的手臂。阿米的眼里也闪耀着兴奋的光芒。宗助很少看到她那活泼的神情。过去，阿米在宗助心目中，即使处在眼花缭乱的热闹的环境里，也能保持镇定。他认为，这种平静的心情正是从她那一动不动的眼神里表露出来的。

　　第二天，三个人外出观赏海景。浩渺的大海泛起深蓝的颜色。他们呼吸着带有松脂香味的空气。冬季日短，太阳赤裸裸地划过天空，老老实实地落到西边去了。日落时分，低低的云层染上了黄色和红色，像炉火一般。入夜，没有起风，只是时时袭过阵阵松涛的声音。宗助住了三宿，这三天接连都是晴暖天气。

　　宗助说他很想再待几天，阿米也劝他多玩些时候再走。安井说，因为宗助来玩，所以天气才好起来的。三个人背着行李，拎着提包又回到了京都。冬天自然而然地把北风送到了寒冷的地带。山上的残雪渐渐消融，随后露出了青青的嫩芽。

　　宗助每当回忆到这里就想到，要是大自然的脚步到这里戛然停止，自己和阿米也都变成化石，反而可以免遭痛苦。事情发生在冬末春初，而结束于樱花散尽、绿叶滴翠的时候。这完全是一场生与死之间的拼搏。恰似砍倒竹子熬油——苦不堪言。暴风趁两人不在意的时候将他们猛然吹倒在地，等爬起来一看，到处都是漠漠沙尘。他们发现自己也是满身灰土。然而他们并不知道自己是什么时候被暴风吹倒的。

人世无情地使他们背负了道德上的罪名。但是，他们在受到道德和良心的苛责之前，又一时茫然起来，怀疑自己的头脑是否清醒。在他们自己的眼里，他们不是什么可耻的、不道德的男女，而是一对关系奇特、不合伦常的情人。这里没有什么好辩解的，只是蕴蓄着不可言状的痛苦。他们一向认为，是残酷的命运同他们开了玩笑，使清白无辜的两个人遭受打击，从而把他们推进了深渊。

　　当太阳毫无遮拦地照射着他们眉宇的时候，两人在道德上已经跨越过揪心的痛苦。他们突露着白皙的前额，让炽热的阳光在上面留下烙印。他们认识到，两个人被一条无形的锁链连在一起。他们共同携起了手，步调一致地走下去。他们舍弃了父母，舍弃了亲戚，舍弃了朋友，扩大一点说，舍弃了整个社会，或者说是他们被这些所舍弃。宗助自己当然也被学校舍弃了。表面上看是他自动退了学，然而这只不过在形式上为他留了点做人的脸面。

　　这就是宗助和阿米的过去。

十五

两个人背负着这样一段历史，到了广岛也是苦恼，到了福冈还是苦恼。到了东京，心头上依然压着个大石头。和佐伯家也没有能够结成亲密的关系。叔父死了，婶母和安之助虽然活着，但是就在他们活着期间，同宗助断了交际来往，只是让他们过着自己的日子。今年眼看又到了年关，他还没有去过一趟。对方也没有来。小六自从搬到家里来住，内心里对哥哥也不怎么敬重。夫妇俩乍到东京的时候，小六像个头脑单纯的孩子，并不掩饰对阿米的憎恶。阿米和宗助对这些都是心中有数。夫妇两人对日谈笑，望月沉思，安安稳稳送别旧岁，迎来新年。而今，眼看着一年又要过去了。

一到年关，街上家家户户的大门都装饰一新。道路两旁插着几十根细竹子，比屋脊还高，在寒风里沙拉沙拉直响。宗助也买了两尺多长的松枝儿，钉在门外的柱子上。他还把大红橙子放在供桌上，摆进了壁龛，上面的墙上挂着一幅奇异的画：一株墨写的梅花，托着一轮海贝形状的月亮。宗助自己也弄不清楚，在这幅奇特的挂轴前，摆放橙子和其他供品，究竟有何意义。

"这到底有什么用呢？"他望着自己搬来的这些东西问阿米。

"不知道，反正这样摆着就行了。"阿米也弄不明白每年这样做是什么用意。她说罢就到厨房去了。

"这样摆着也许就是为了吃吧？"宗助歪着脑袋，又重新移了移供桌的位置。

夜里，把砧板拿到茶室，大家一起切年糕。因为菜刀不够用，宗助始终没有插手。小六最有力气，他切得最多，不过大小形状不等的也最多。里面还有些切的样子很难看。小六每当切出个怪模样来，阿清就放声大笑一阵。小六把抹布垫在刀背上，斩去了年糕的硬边儿。

"管它好看不好看，能吃就成。"小六说罢，一使劲连耳朵都涨红了。

此外，为了迎接新年，还要炸沙丁鱼干，做好酱肉酱菜装在食品盒里。除夕晚上，宗助带着房租到坂井家里拜年。他特地先绕到后门口，看到毛玻璃门上映着明亮的灯光，院子里人声嘈杂。门口坐着收账的小伙计，手里拿着账本。他看到宗助，站起来打招呼。房东和太太都在茶室里。屋角里坐着几个常来常往的手艺人，穿着印有商号的工作服，低着头扎了几个稻草圈[1]。旁边堆着交让木叶、羊齿树叶、碎纸和剪刀。年轻的

---

[1] 日本风俗，过年时挂在门口作为装饰。

女佣坐在太太面前，把零用钱和银圆摆放在铺席上。

"啊，欢迎。"房东看到宗助说，"年关到了，想必很忙吧。你看，这里乱得不像样子。来，这边请。咱们这种年岁的人都讨厌过年哩。即使再热闹，过上四十几次，也就厌烦啦。"

听房东说起来，辞旧迎新倒是件麻烦事儿，可从他的表情上却找不到一丝愁容。他很健谈，气色十分好，晚饭似乎喝了点酒，双颊上还带着醉意。宗助抽房东递给的香烟，约莫交谈了二三十分钟，就回去了。

到了家中，阿米说要带阿清一同去洗澡。她用手巾裹着肥皂盒，正等着丈夫回来看门。

"干什么去啦？怎么这样长时间？"她说着看了看表。时间将近十点了。阿清洗完澡还要去理发店整理发型呢。在这个大年夜里，对于清闲的宗助来说，也有各种活计要干。

"账都还清了吗？"宗助站着问阿米，阿米告诉他还剩一家木柴店没有结。

"等来了就给他吧。"阿米从怀里掏出一只男人用的脏钱夹和专门盛银圆的钱包，交给了宗助。

"小六干什么去啦？"丈夫用手接过来问。

"刚才说是出外观看除夕夜景去啦。难为他了，这么冷的天。"阿米话音刚落，阿清就大声笑了起来。

"他还年轻嘛。"阿清说完来到厨房门口，找出了阿米的木屐。

"他到哪儿去看夜景？"

"听说从银座逛到日本桥大街。"

此时阿米已经走出了房门，接着传来了打开二道格子门的声响。宗助听着响动，独自坐在火盆前边，凝望着快要变成灰烬的炭火的颜色。他的脑子里浮现出明日升起的鲜红的太阳。他仿佛看到外面巡游的人们都戴着漂亮的丝绸礼帽。他仿佛听到了刀剑的撞击声和马的嘶鸣；听到了玩羽毛毽子的声音。再过几个小时就是大年初一了。他将看到许多令人精神焕发的热闹场景。

他的心中掠过成群结队过节的人们的姿影。他们显得那般高兴，那般热烈。可是人群里没有一个会挽起宗助的手臂邀他一道前行的。他像一个没有被邀请出席盛宴的局外人。他又像是被禁了酒一般，对生活失掉了沉醉的感情。他只想能同阿米在这种平凡的生活浪花里度过自己的一生，此外再没有比这更强烈的欲望了。在这繁忙的除夕夜，他一个人守着这个家，这种岑寂的生活正是他平生最真实的写照。

过了十点钟，阿米回来了。灯影映着她的两颊，比寻常更加红润、光亮。澡堂里的水气似乎还没有消散，内衣微微敞开着，可以看见后脖颈上露出的高高的领子。

"实在不像样子，连澡盆都抢光啦。"她长吁了一口气。

阿清回来已经过了十一点了。她那梳理得极漂亮的头发刚闪进格子门，就忙着打招呼，说回来得太晚了，都因为等了两三个人才挨上号儿。

只有小六迟迟不回家。挂钟敲十二点的时候，宗助说要去睡觉。阿米说，今晚要早睡那就太不像话了，要他待着聊天儿。幸好，过一会儿小六回来了，他说他从日本桥经银座又转到了水天宫[1]，电车太拥挤，等了好几辆才乘上，所以回来

晚了。

小六说，他到白牡丹杂货店，想弄到一只时髦的金手表，但又没有什么东西好买，只得买了一盒带铃铛的玩具布袋，算是获得了抓彩的权利。这时，机器吹起来几百只气球，小六抓到一只，结果不是金表，而是一袋俱乐部牌洗头粉。

"给嫂嫂用吧。"他从衣袖里掏出洗头粉，放在阿米面前。

"这个请转交给坂井家的小姐。"然后，他又把系着铃铛的梅花形玩具布袋放到宗助面前。

这个小家庭里极单调的大年夜，就这样结束了。

十六

正月初二，下了一整天的雪，把这个家家忙于过年的都市涂上了白色。半夜里，宗助夫妇听到积雪从铁皮屋檐上滑落下来，扑通扑通不时发出惊人的响声。这种响声一直继续到雪住了、屋顶恢复了原来的颜色为止。小路一片泥泞，同下过雨不一样，看来一天两天干不了。

"这怎么行啊？"宗助每逢穿着沾满泥水的鞋子回来，总是看着阿米这样说。看他那副神态，好像阿米就是弄坏道路的罪人。

"对不起，让你受苦啦。"阿米只好笑着说。然而宗助却想不出拿什么玩笑话回敬她。

"阿米，你不要以为走到哪里都要穿高齿木屐，去下町[1] 就

---

1 泛指东京都台东、千代田、中央、港区等一带地方，江户时代，这里商业兴隆，市肆繁荣，是下层平民聚居之处。

不同啦。那里的条条马路都是干燥的，还起灰哩！穿着高齿木屐太难为情啦，简直不好走路。我们住在这种鬼地方，比别人落后一个世纪！"

宗助说这话时，脸上看不出有什么特别的不满。阿米望着丈夫鼻孔内钻出来的烟圈儿，任凭他说下去。

"到坂井先生家，可不能说这样的话啊！"她轻声地叮咛着。

"叫他让点房钱吧。"宗助只是这么说，并没有去找坂井。

元旦早晨，宗助只给这位坂井送去一张名片，未等见到房东的面就出了大门。他到有交往的几处地方转了一天，直到晚上才回家。原来坂井在他外出的时候来过了，这使他十分过意不去。初二下雪，没有什么事可做。初三那天傍晚，坂井家打发使女来说，如果方便，请老爷、太太还有少爷今晚一定去玩。

"要干什么呢？"宗助疑惑不解。

"肯定是玩纸牌[1]，他家小孩子多啊。"阿米说，"你还是去吧。"

"特意来请，你就去吧。我好久不玩纸牌啦，不行啊。"

"我也好久不玩啦，眼生得很呢。"

两人都不愿意去。最后决定请少爷代表大家去一趟。

"请少爷去吧。"宗助对小六说。

小六苦笑着站起来。夫妇俩管小六叫"少爷"，实在太滑稽了。他俩看了看小六的窘态，一齐笑出声来。小六从暖融融的空气里走出来，冒着严寒走了一段街路，又坐到温暖如春的电灯下面了。

---

1 原文作"歌加留多"，每张纸牌上印有一首著名和歌（古代短诗）。其中一种玩法是：将纸牌摊在铺席上，一人在旁朗读诗句，其余的人则争先挑出写有该诗句的那一张。最后以得牌多少决定名次。

当天晚上，他把除夕买的那只梅花形玩具布袋揣在袖筒里，作为礼品送给了坂井家的小姐。本来他叫哥哥转送的，这回他亲自带来了。回来时，袖筒里又装进一只裸体玩偶，这是中彩得到的。玩偶的额头上缺了一块，上面涂着黑墨。小六把玩偶放在哥嫂面前，一本正经地说，她是袖萩[1]。夫妻俩不知道这个为什么就是袖萩，小六当然也不知道，坂井太太给他仔细讲解了一番，他仍然记不住。房东便在信笺上用潇洒的笔墨抄下了原文交给他，并叮嘱他回家后让哥哥和嫂嫂看看。小六探手从袖筒里取出那张信纸，上面写道："此墙一重似黑铁。"接着在括弧里注明："该小人额角缺损，故以墨涂之。"[2]宗助和阿米看了，又是一阵爽朗的笑声。

"这小人做得真巧妙。是谁想出来的？"哥哥问。

"你问是谁……"小六仍然是一副无可奈何的神色。他放下玩偶，回自己房间去了。

又过了两三天，好像是初七那天傍晚，坂井家的那个女佣又来郑重地传达了主人的邀请。说主人要他们空闲的时候过去聊天。当时，宗助和阿米点上油灯正要吃晚饭。宗助端起饭碗说：

"春天终于来啦！"

这时阿清前来传达坂井家的口信。阿米望着丈夫的脸，微笑着。

"又有什么好玩的呢？"宗助放下饭碗，迟疑地皱起了眉头。

1　古典戏剧净琉璃《奥洲安达原》第三折《袖萩祭文》中女角色的名字。
2　这两句话系双关语，日语原文的读音近似，而前者又是剧中人袖萩的道白。

问了坂井家的女佣才知道，没有来别的客人，也没有做什么准备。太太也领着孩子走亲戚去了，不在家。

　　"我这就去。"宗助说着出了大门。

　　宗助讨厌一般的社交，除非不得已，他是不愿意在大庭广众中露面的。他也不想结交许多私人朋友。他没有时间访亲问友，唯独坂井家是个例外。宗助时常闲来无事也自动到坂井那里聊天，借以消磨时光。同他相反，坂井倒是世上极善交际的一个。这位社交界的坂井居然能同孤独的宗助谈得来，这事就连阿米也感到奇怪。

　　坂井说了声"请到那边去"，两人便穿过茶室，沿着走廊进入狭小的书斋。屋内壁龛里悬挂着用棕榈笔书写的五个斗大的字，笔力遒劲。书架上摆着一盆漂亮的白牡丹。此外，桌子和坐垫也都很阔气。

　　"请吧。"坂井起初站在黑暗的入口处，他说着，不知在什么地方"咔嗒"拧了一下，电灯亮了。

　　"请等一下。"接着，他用火柴点着了煤气炉。这个煤气炉很小巧，同这座房子十分相称。坂井然后劝他坐在坐垫上。

　　"这是我的藏身洞，遇到麻烦就到这里避难。"

　　宗助坐在厚厚的棉垫上，觉得这里十分宁静。煤气炉燃得正旺，发出微微的响声，一股暖流从脊背上逐渐涌上来。

　　"来到这里实在快活，再也不想出外交际了。你多待些时候吧。说真的，过年有许多意想不到的麻烦事儿。我一直忙到昨天，弄得筋疲力尽。我真服啦，年关这几天确实把人害苦啦。今儿下午，我终于病倒了，远离尘世呼呼睡了一觉。醒来洗了个澡，吃了饭，吸了一支烟，这才发现妻子带着孩子走亲戚去了。怪不得家里静悄悄的。于是，我又无聊起来。人也是个恣情任性的家伙。然而不管怎么无聊，我再也不想听到或看到那些拜年的人群了，应酬起来实在麻烦。我也害怕过年时吃这个喝那个。因此，我想找你这个对过年抱着无所谓的态度、或者说与世无争的人来叙谈叙谈。我这样说也许太失敬了吧？一句话，我很想同你这位超然派人物聊聊，所以才特地打发女佣叫你来一趟。"

坂井说起话来，依然是滔滔不绝。在这位乐天派面前，宗助常常忘记自己的过去。他有时想，自己的一生要是得到顺利的发展，不也变成了这样的人物吗？

这时女佣打开三尺宽狭窄的房门走进来，郑重地向宗助施了礼，随后把装着点心的木盘儿，一只放在宗助面前，另一只放在主人面前。她一句话没说，退了出去。盘子里盛着皮球般大小的乡间蒸包子，上面插着一根比寻常大一倍的牙签。

"请趁热吃吧。"房东劝道。宗助看到这包子又热又软，似乎刚出笼不久。他好奇地盯着那层金黄的表皮。

"不是现做的。"房东说，"昨晚到一户人家，看到蒸包子，我半开玩笑地称赞了几句。他们就送给我一些带回来。当时很热乎，为了待客，刚才又把它重新蒸了一下。"

房东既不用筷子也不用牙签，他随手将包子掰开，大口大口地吃起来。宗助只好跟着东施效颦一番。

其间，房东谈起他昨晚在饮食店碰到了一位奇怪的艺伎。这位艺伎很喜欢袖珍版的《论语》，不论乘火车还是赏风景，她的怀里总是揣着这本书。

"她说，在孔子的门生里她最喜欢子路。问她为什么，她

149

回答，子路这个人老实，教给他一件事，只要还未完成，他就不愿再询问新的事。我不知道子路是怎样一个人，所以很难插嘴。我问她，如果碰到了相知，在没有结成夫妇之前又出现了个倾心的人，你苦恼不苦恼呢？……"

房东津津有味地讲述着这件事。从他谈话的表情上可以看出，他常常出入这种场合，对各种刺激已经麻木不仁了。但是习惯成自然，一个月里总要往那里跑上几趟。仔细一问才知道，这位无所事事的男子，在饱享欢乐弄得疲劳不堪的时候，也很需要躲进书斋养养精神。

宗助在这方面并非一点也没有沾过。所以他无须硬要装出很感兴趣的样子。每每谈起寻常事来，反倒能称房东的心意。坂井从平凡的宗助的言谈之中，仿佛窥见他有一段大放异彩的过去。可是，每当看到宗助不大愿意说下去的时候，他就立即岔开。这与其说是策略问题，不如说是出自礼让。房东这样做，丝毫没有引起宗助的不快。

他们还谈到了小六。房东对这个青年的观察，有两三处显得十分新鲜，连宗助这位同胞兄长也没有留意到。不管房东对小六的评价是否得当，但听起来却很有趣。比如房东指出：小六的头脑同他的年龄不相称，不适于考虑复杂的事物；他的性格过于单纯天真，简直像个孩子。宗助听了，立即点头称是，他说，光靠学校教育，没有经历社会的教育，不管多大年龄，这种性情都会一直保持下去。

"是啊，与此相反，光受社会教育没受过学校教育的人，虽然也能充分具备复杂的性格，可是头脑永远是幼稚的。这样也许更糟。"

说到这儿，房东笑了笑。

"怎么样，叫他到我这里来做个学生吧，也许会受到一点社会教育的。"原来，房东的学生在他的狗生病住院前一个月就应征入伍了，眼下跟前一个人也没有。

宗助非常高兴，没等他提出要求，这个安置小六的好机会，竟然同春天一起自动降临到他面前了。过去，他从来不敢主动向这个社会索取好意和温暖，现在突然听到房东主动提出来，他有些吃惊，一时反倒没了主意。他琢磨着，要是可能，他想早点把弟弟安置在坂井家，自己可以省点花销，加上安之助的一点帮助，好歹能供给小六受完高等教育，实现他本人的意愿。他把这些心里话毫无保留地告诉了房东。房东连连答应着，表示理解他的处境。

"就这么办吧。"最后，两个人初步商谈妥帖了。

宗助想，谈到这里该告辞回家了。他道了别，正要往回走，房东留住了他，叫他再多待一会儿。房东说夜很长，现在天黑刚。他掏出表给宗助看了看。说实在的，他非常无聊。宗助呢，回去除了睡觉，也没有旁的事儿。所以，他又挪挪屁股，重新点上一支香味浓烈的纸烟。最后，他也学着房东把两膝在柔软的坐垫上松散开来。

"唉，有个弟弟也会带来不少麻烦的。我也被不争气的弟弟作践苦啦。"

房东由小六的事联想起自己来。他谈到自己的弟弟在大学里如何乱花钱，而自己的学生时代又是如何俭朴。宗助问房东，这位好摆阔气的弟弟后来走上了怎样的道路，朝什么方向发展了。他想借此验证一下，那个可怕的命运如何左右着一个人的前途。

"冒险家!"房东突然冒了这样一句没头没脑的话。

据房东介绍,他的这位弟弟毕业后进入了一家银行。但是他老嫌挣不到钱。日俄战争结束后不久,他不顾哥哥的劝阻,到满洲去了,说要去寻求更大的发展。他在那儿干了些什么呢?他经营一家门面庞大的运输公司,利用辽河水流,用船舶向下游运送豆饼、大豆。后来忽然遭到了失败。他虽说不是董事长,但一算账,结果损失很大。事业当然不能再继续下去了,他本人也随之失去了地位。

"打那以后,我也不知道他怎么样了。后来一打听,吓了我一跳。他到蒙古流浪去啦!我真不明白他有多么大的冒险心,可多少也在替他捏把汗哪!不过那时节,我基本上没怎么管他,心想他总会有办法的。他有时也来信,说蒙古那地方缺水,热天往马路上洒阴沟里的脏水。阴沟里的水洒完了,就洒马尿。到处臭烘烘的……有时也提到钱的事,反正一个在东京,一个在蒙古,我没有理睬。这样天各一方也好,谁料年前这家伙突然回来了。"

房东像想起了什么似的,他把悬挂在壁龛里那件垂着漂亮的穗子的装饰品取了下来。

这是一把装在丝袋里的尺把长的刀子。刀鞘是用云母般碧绿的东西缀成的,有三处镶着银边儿。刀身只有六寸长。刀刃很薄,但刀鞘却很厚,像个六角形的橡木棒子。再仔细一瞧,刀柄后方并排插有两根细棍儿。这是把刀身嵌合在刀鞘之上的银制销子。

"他带来了这件礼品,听说这就叫蒙古刀。"房东说罢,掏出刀来给宗助看。他还把后柄上两根象牙般的细棒也拔掉了。

"这是筷子，蒙古人时刻把它挂在腰间。听说到了吃饭的时候，就用刀剖肉，用这双筷子从旁夹着吃。"

房东一手捏刀，一手拿筷，做出边切边吃的架势。宗助出神地凝视着这件精巧的制品。

"他还送来了蒙古人使用的帐篷，跟过去的地毯没有什么两样。"

什么蒙古人善于骑马啦，蒙古狗瘦而细长，样子很像西洋猎犬啦，他们被中国人挤压得越来越窄小啦，等等。——房东把最近从那边归来的弟弟跟他谈的事，原原本本地讲给宗助听。宗助对这些闻所未闻的故事十分感兴趣。他听着听着不由得产生了好奇：这位弟弟在蒙古究竟干了些什么呢？

"冒险家！"他问房东，房东又使劲重复了刚才那句话。"他干些什么，我也不清楚。他只对我说搞畜牧，而且获得了成功。这些话都不可信。他过去经常吹牛欺骗我。这回来东京办事也很奇怪，说什么要给蒙古国王筹款两万元。他到处奔走，说要是借不着钱，自己的信誉就毁啦。他首先抓住我不放。我想，管你什么蒙古国王，即使拿大片国土作抵押，蒙古和东京有什么相干？我不答应，他就暗地运动我的妻子，说什么哥哥这样成不了大事。看他那副趾高气扬的派头，真叫人没办法。"

房东说到这里微微笑了。他不解地望了望宗助神情紧张的面孔。

"怎么样，你见见他吧。他特意穿着一件毛皮袄，又肥又大，可有意思啦！到时候，我可以介绍一下。正好后天晚上我

153

管他吃饭。你不要被他骗了，让他讲，你只管默默地听着。这样，就没有什么危险，只会觉得有趣。"

在房东再三劝说下，宗助有些心动了。

"来的只是令弟一个人吗?"

"不，还有他的一个朋友，他们会一起来的。那人姓安井，我从来未见过，弟弟一直想给我介绍来着。实际上我邀请的是他们两个人。"

当天晚上，宗助带着一副苍白的面孔跨出了坂井家的大门。

十七

宗助和阿米的关系，为他们的一生涂上了阴暗的色彩，生活里似乎有个幽灵时时徘徊，给两个人的精神带来压抑。他们知道，在自己的内心深处，潜伏着为人所看不见的恐怖，就像结核病灶一样。然而，他们都佯装不知。就这样过了新年。

当初，最使他们苦恼的是，他们的过错影响了安井的前途。当这个搅得他们坐立不安的阴影归于消失的时候，又听到了安井中途退学的消息。这一定是他们在妨碍安井的未来吧。其后又风闻安井回到了故乡，罹病躺在家里。两口子每听到这样的讯息，心里就一阵难过。最后又传来音讯，说安井到满洲去了。宗助暗暗思忖：莫非他的病已经全好了？又转念一想，也许去满洲的说法不确实吧？因为他认为，不论是从身体状况还是个人性格来讲，安井不会到满洲或台湾那些地方去的。宗助千方百计想弄清事情的真相。后来通过某种关系打听到了安井待在奉天，而且还知道他很健康、活跃，一直忙碌地工作着。当时，夫妇俩互相望了望，这才松了口气。

"这下子好啦！"宗助说。

"总比生病强啊！"阿米说。

打那之后，两人再也不提安井的事了，连想也不敢想。因为宗助和阿米心里很清楚，是他们迫使安井退学，返回乡里，接着就沉疴不起。要是安井果真去了满洲，他们不管怎样悔恨和苦恼，都无法挽回自己的罪过。

"阿米，你心中还有没有信仰呢？"宗助有时问。

"有啊。"阿米回答。接着她又反问："你呢？"

宗助只是微笑，什么都不说。他也不再追问阿米是什么信仰了。对于阿米来说，这信仰也许是一种幸福。因为在她心目中，再没有比这样的信仰更鲜明、更完整的东西了。两人从不到教堂的长椅上坐一坐，也从不跨进寺院的大门。他们从大自然所赐予的时光里获取力量，以此作为缓冲，姑且使自己平静下来。有时，他们会突然感到从遥远的地方传来一声哭诉。但这种哭诉还不足以用"痛苦"和"可怕"等残酷的词儿形容它，因为它是那么微弱，那么淡薄，同他们的肉体和欲望相去甚远。归根结底，他们的信仰既不指望神明，也不仗恃佛陀。他们的信仰就是两个人互相依存着生活下去。他们紧紧抱合在一道，描绘出一个理想的圆来。他们的生活在寂寥中获得了满足。这种寂寥中的满足感，流露出一种甘美而悲凉的情调。他们同文艺和哲学无缘。他们品味着这种生活的情趣，为充分了解自己的现状而感到自豪。在这一方面，他们比那些具有相同际遇的文人雅士更富有，更纯粹。——这就是初七晚上，宗助应邀到坂井家得知安井的消息之前，夫妇俩共同的思想状态。

那天晚上，宗助一回到家里就望着阿米的面孔说：

"我的心绪不太好，快些睡吧。"

阿米倚着火盆在等他，听他这么一说，吃了一惊。

"怎么啦？"阿米抬起眼盯着宗助。宗助站着一动不动。

宗助外出归来带着这样的表情，在阿米的记忆里是很少见的。阿米站起身，一种无言的恐怖似乎正向她袭来。她机械地从壁橱里取出被褥，遵照丈夫的嘱咐整理床铺。这时，宗助依然袖手站在旁边。被子一经理好，他就匆匆忙忙脱掉衣服钻了进去。阿米一直没有离开他的枕畔。

"出了什么事呀？"

"没什么，心里有些不自在，这样待上一会儿也许会好的。"

宗助的声音从半盖着的被子底下传出来，阿米听着有些瓮声瓮气的。她黯然神伤地坐在枕头旁，纹丝不动。

"你走吧，我有事会叫你的。"

阿米这才回到茶室去。

宗助盖好被子，强使自己闭上了眼睛。黑暗里，他反复回味着坂井对他说的话。宗助从来没有想到安井待在满洲的消息，会通过房东的口告知他。再过两天他竟然同安井一起被房东邀去做客，他俩将并肩而坐，或者相对而酌。直到今天晚饭之前，他连做梦也没有预料到会有这种事情！他一边躺着，一边思虑着刚刚度过的两三个小时。他觉得这事来得太突然，太令人迷惑不解了。他有些悲戚。他并不自命为一名强者，以致命运非要借助这种偶发的事件，不预先告知一声就从背后猛然投过绊脚索把人绊倒。他相信，处置自己这样柔弱的男子，会有许多更为稳妥的办法的。

他追忆着同坂井谈话的过程：从小六到坂井的弟弟，接着就谈起了满洲、蒙古，又从坂井的弟弟回到东京引出了安井。他觉得他所遇到的偶然事件太多了。而今，一般人所难以遇见、将会使自己过去的伤痛重新复发的偶然事件又来到了。他感到自己是千百万人之中被挑出来的不幸的人物。他一阵痛苦，一阵愤怒。他躺在黑暗的被窝里长吁了一口热气。

经过这两三年的岁月渐渐愈合的创伤，现在又开始剧烈地疼痛了，伴随着疼痛还发起热来。往日的伤口又重新裂开，毒气一股脑儿朝里面灌。宗助想，干脆把一切都告诉阿米，让她一起来分担痛苦。

"阿米，阿米！"他叫了两声。

阿米立即来到他的枕边，俯视着宗助的面孔。宗助把脸全部从被子里露了出来。里间屋子的灯光，斜映在阿米的半张面孔上。

"给我一杯开水。"

宗助终于没有勇气说出自己想说的话，他临时撒了个谎，遮掩过去了。

第二天，宗助按时起床，像平日一样若无其事地吃完了早饭，陪他进餐的阿米，脸上也现出了安详的神色。他望着她，心中泛起了既高兴又可怜的情绪。

"昨晚吓了我一跳，还以为出了什么事情呢。"

宗助低着头，只管喝茶碗里的茶。怎么回答妻子好呢？他实在找不出合适的词儿。

这天，一早就刮起了狂风，风卷着尘埃，有时甚至把行人的帽子给吹跑了。阿米劝宗助，要是发热就不好了，叫他歇一天。他不听，照例乘上电车，在风和电车的呼啸声里缩紧了脖子，盯着一个地方瞧。下车时，传来了"嗖——嗖——"的响声，抬头一看，是上面铁丝的声音。正在大自然发出狂暴威力的时候，不知何时，天空悄悄地露出了一轮明亮的太阳。风穿透了西装裤子，渗进来一股凉气。大风夹着灰沙向护城河方向飘去。宗助看得十分清楚，那情景就像斜着飞洒下来的雨丝。

他到机关里没有做什么事，只是握着笔支着两腮在思考什么。他不时研着墨，而这些墨又根本用不着。他拼命地抽烟，若有所思地时时透过玻璃窗望望外面。窗外依然是风的世界。宗助只巴望早点回家。

下班时间到了，宗助回到家里，阿米不安地瞧着他的脸问：

"还好吧？"

宗助只得回答说没什么，似乎累了点。他马上钻进有暖炉的被子里一动不动，一直躺到吃晚饭的时候。太阳下山了，风也息了。白天闹腾了一天，到了夜里，四周立即平静下来。

"现在好了，没有风啦。要是再像白天那样刮下去，坐在家中也要心烦意乱的啊。"听阿米的口气，她似乎很怕刮大风。

"今晚上稍微暖和一些了，这个年过得倒挺安稳哩。"宗助沉静地说。

吃罢晚饭，他点上一支香烟，突然邀请妻子说："阿米，去书场吧。"这在他是少有的事。

阿米当然没有理由拒绝丈夫。小六不愿去听三弦，他说，待在家里煮年糕吃反而更自在。夫妇俩撇下小六看家，就一同外出了。

　　他们来迟了一步，书场已经坐满了人，再没有放坐垫的余地了。两人在最后面挨了挨，找了个地方，半蹲半坐着。

　　"人真多啊！"

　　"春天到了，谁不出来玩玩呢。"

　　两人低声谈论着，朝四下望了望。大屋子里人头攒动。靠近说书人的高椅子旁边，烟雾腾腾，看上去模模糊糊的，不甚清晰。宗助想，到娱乐场所来的黑压压的这些人，想必有的是时间，闹腾到半夜也无妨。他望着每个人的脸庞，心里十分羡慕。

　　宗助决心面朝正前方，专心致志地听三弦儿。但是，不管他如何集中精神，都觉得实在没兴趣。他不时斜过眼来，偷偷溜一下阿米的脸。他发现阿米始终把视线对着前方，似乎忘掉了身旁的丈夫，全神贯注地听故事。在宗助所羡慕的人群里，当然包括阿米在内。

　　"怎么样？该回家啦。"

　　中间歇场的时候，宗助对阿米说。她听到丈夫突如其来的提议，十分诧异。

　　"不喜欢吗？"她问。宗助没说什么。

　　"怎么都行。"阿米不愿意违拗丈夫的意思。

　　宗助想到是自己主动把阿米带来的，觉得有些对她不起，所以还是忍耐着，直到散场为止。

　　回到家中一看，小六盘腿坐在火盆前，手里拿着一本书。书皮都卷起来了，他也不管，一边烤火，一边阅读。水壶摆在旁边，开水又变冷了。盘子里盛着三四片烤好的年糕，网子下面的小碟里盛着吃剩的酱油。

"有趣吗？"小六听到声音，站起身来。

夫妇俩在地炉旁烤热了身子，立即上床睡了。

第二天约略同前一天一样，宗助的心情仍然没有平静下来。他下班后照例乘上电车，心里思忖着，今晚安井要同自己一前一后到坂井家做客了。他总觉得为了和这个人见面，自己急如星火地赶回去，有点太不近情理了。不过，他也很想从旁瞧一瞧，安井打那之后究竟变得怎么样了。

坂井前天晚上谈起自己的弟弟时，一口说定他是个"冒险家"。如今这话又在宗助的耳畔大声轰鸣。宗助从这句话里联想起那种自暴自弃、愤恨难平、不仁不义和颠顶莽撞的行为，坂井的弟弟在这些方面肯定有所表现。宗助又想象同他一起去满洲、有着共同利害关系的安井该会变成什么样子。他的想象当然也仍然未脱开冒险家的范围，甚至更带有强烈的冒险意味。

对于这样的冒险家，宗助总是往堕落的方面想。他感到自己应当对此负担全部责任。他想见见来坂井家做客的安井，以便从他的模样上揣度安井如今的人格。他希望安井不要像他所想象的那般堕落，以便好使自己得到些慰藉。

宗助巴望坂井家有这样一块方便的地方：他站在近旁，可以神不知鬼不觉地窥探那人的举止。不幸的是，他想不起来有这样理想的藏身之地。要是太阳落了之后再来，自己固然不易被认出来，不过，自己待在暗处，也不能看清来客的面孔。

想着想着，电车到了神田。宗助照旧下来换车，向自家方向奔去。这时，他很痛苦，似乎每走一步就接近安井一步，他的神经有些不堪忍受了。先前那种打算就近观察一下安井的好奇心本来就不怎么强烈，到了换车的时候，这个念头全然被压抑下去了。他像许多人一样，在寒冷的街道上赶路，然而他却不像其他人那样有着明确的目的。商店里亮着灯，电车上也是灯火通明。宗助来到一家牛肉店喝起酒来。第一瓶喝得很香，第二瓶有点勉强，第三瓶他也还没有失去理智。宗助靠着墙，像个没有着落的人一样，醉醺醺地睁着蒙眬的双眼，直盯着一个地方瞧。

时间一点点挨过去，用晚餐的人熙来攘往。多数人吃罢饭就立即结账出去了。宗助默然坐在嘈杂的人群中，后来感到已经泡了比别人长两三倍的时光，不能再待下去了，这才离开了座位。

外面，街道两旁店铺里的灯光，照得一片通明，连行人的衣帽都看得十分清晰。然而对于寒天冻地来说，这光亮显得那么微弱。夜，使得家家户户的灯光变得微不足道，它依旧是那样黑暗，那样广袤。宗助裹着一件同夜色相合的灰色外套赶路。此时，他感到自己呼吸的空气仿佛也是黑的，一直浸染到肺里的血管。

今晚，他再没有心思乘坐铃声叮当、匆匆忙忙从面前驶过的电车了。他忘记了同那些各有归宿的行人一同加快脚步。作为一个无根无蒂的人，他似乎开始扮演了漂泊者的角色。他细细思量着，要是这种状况长期持续下去，自己的心情将会怎样呢？他暗自为将来而烦恼。时光能使一切创伤得到愈合。这句从以往的经验里总结的格言，是他从自家的历史里发掘出来铭刻在胸中的。谁知这句格言到了前天晚上就彻底崩溃了。

宗助在黑夜里行走着，他想从以上的情绪中解脱出来。这种情绪使他变得软弱急躁、精神不安、心胸偏狭。他只想在透不过气的压抑中寻找一个切实的办法拯救现在的自己。他把造成这种压抑的因素——自己的罪行和过失，完全从这种结局中分离出来。他这时再也顾不得去考虑别的事，只是一味在为自己谋划。从前，他一直忍耐着过日子；今后，他必须积极改造自己的人生观。而这样的人生观光凭口述或耳闻是不顶用的，必须从内心里根本掌握住它的实质才行。

宗助一边走，一边在嘴里不住地念叨"宗教"二字。然而他每念叨过一遍，心中的反应也就随之消失，像抓着一把烟雾一样，松开手就什么也不见了。宗教真是个飘忽不定的东西。

同宗教相关联，宗助想起了参禅的事。过去，他在京都的时候，班里有个同学，曾经到相国寺参过禅。当时，他讥笑过那个同学的迂阔行动。他想，现在竟然还有这种事。他看到那位同学的举动之后同自己没有什么两样，越发感到愚昧、荒唐。

宗助至今一想起他的同学把他的侮蔑不当回事，不惜花费宝贵的时间到相国寺去，这种动机使宗助为自己的轻薄行为而深深悔恨。往昔，如果真能像世俗所说的那样，靠参禅的力量可以达到安身立命的境地，哪怕十天、二十天不到机关上班，他也要试一试。然而自己心里明明白白，对此道全然是个门外汉。

回到家中，他依旧看到了阿米，看到了小六，看到了茶室、客厅、油灯和衣橱。一切都没有变化。他深深感到，唯独自己是在异常的状态下度过这四五个钟头的。火盆上方吊着小锅，蒸汽从锅盖的缝隙里冒出来。火盆旁边自己常坐的地方铺着坐垫，前边早已摆好了饭菜。

宗助看了看那只底朝上倒扣的饭碗，和多年来早晚用惯了的木筷，说：

"我不吃啦。"

阿米听了有些不大情愿。

"是吗？我想你大概因为下班迟，在外头吃过饭了。可又怕万一没吃，才准备的。"阿米说着，用抹布撮起锅耳朵，放到茶壶垫子上。然后喊阿清把饭盘收拾到厨房里去。

宗助有个习惯，每逢下班后因故在外头耽搁了未能马上回家，他回来后总要把情况简略地向阿米汇报一下。阿米呢，要是不听他说清楚，心里也是放不下。可是今天晚上，他在神田下车后到牛肉店拼命灌酒的事一个字也懒得提。蒙在鼓里的阿米像平时那样，想一五一十问个明白。

"没有什么特别的理由，我只是想到店里吃点牛肉。"

"这么说，你是为了消食儿才步行回来的啰？"

"嗯，是这样的。"

阿米疑惑地笑了。宗助心里反而更难受。

"我不在家，坂井先生没来叫我吗？"过了一阵子，他问。

"没有。怎么啦？"

"前天晚上我在他家里时，他说要请我吃饭来着。"

"又叫你去啦？"

阿米显得有些茫然。宗助说到这里，刹住话头睡了，脑子里却像走马灯似的不得安宁。他时时睁开眼，看看摆在壁龛里的那盏昏暗的油灯。阿米似乎睡得很甜。最近几天，宗助自己睡得很好，而阿米有几个晚上都为睡眠不足而苦恼。宗助闭上眼睛，清晰地听到了里面屋子挂钟的响声。此时，他更感到凄苦难熬。起先，挂钟接连响过了几下，过一会儿又"当"的一声。这沉闷的一响像彗星的尾巴一样，长久地在宗助耳朵里回荡。后来又是两响，声音甚是寂寥。这时，宗助思考着，他决心重新振作精神，充满信心地生活下去。三点钟，他是在半睡半醒的朦胧中度过的。四点、五点、六点，他一点也没有觉察。他做了个梦，只觉得世界膨胀了，天体翻着波浪时伸时缩。地球像坠着细丝的小球，在空间里摇荡着，画着偌大的弧线。万物都被恶魔统治着。七点钟过去了，他蓦然间从梦中醒来，阿米像寻常一样，笑吟吟地偎依在他的枕畔。鲜亮的太阳，不知把黑暗的世界赶到哪儿去了。

十八

宗助怀里揣着一封介绍信进了山寺大门。这是他从一位同事的熟人那里得到的。这位同事在上下班途中，总是从西服口袋里掏出一本《菜根谭》[1]来阅读。宗助对这方面本没有兴趣，他不知道《菜根谭》是一本什么书。有一天，他在车上和那位同事并排坐着，问他在看什么。同事把那黄封皮的小书拿到他眼前说，这是很有趣的书。宗助又问他都写了些什么。同事似乎一下子很难讲清楚，只答道是讲述禅学的。宗助一直记住了他的话。

四五天前，宗助还没有得到这封介绍信的时候，他走到这位同事身旁，突然问他搞不搞禅学。同事望着宗助那神情紧张的面孔，十分惊讶，说不搞，只是为了消遣一下才看看的。说

1　明末儒者洪自诚著，是一部宣扬儒释道思想的书。

罢立即逃避开了。宗助多少有点失望，他怅然若失地回到自己的座位上。

当天下班的路上，两人又在电车上相遇了。这位同事看到宗助先前那副表情，心里很过意不去，听到他的询问，觉得不是一般的闲聊，似乎藏着更深的意思，于是就十分热情地把这方面的事讲给他听。但是他表白说，自己尚未参过禅，没有经验。他说，如果宗助还想更详细了解一番，他幸好有个朋友经常到镰仓去，他愿意把宗助介绍给那人。宗助在车上把那人的姓名和住址记在笔记本上。第二天，他拿着这位同事的信，特地绕道去拜访。宗助怀里这张帖子就是那人当场写给他的。

宗助决定向机关称病告假十天。对阿米，他也说是因病需要休息一下。

"脑子不好，想歇一个星期，出去玩玩。"

阿米看到丈夫近来有些反常，一直担心来着。这会儿看到平生优柔寡断的宗助，忽然变得果决起来，心里好不高兴。然而，她对丈夫突如其来的决定又十分诧异。

"你说出去玩，到什么地方呢？"她装出一副泰然自若的样子。

"我想还是镰仓好些。"宗助镇静地答道。

朴实的宗助和高雅的镰仓本来没有什么关系，现在突然合二而一了，这实在有些滑稽，阿米禁不住笑起来。

"你倒真有钱，那么也带我一起去吧。"

宗助无暇细细体会爱妻这句玩笑话。他一本正经地解释：

"我又不到那些吃喝玩乐的场所去。我只想住在禅寺里静静待上一周或十天光景，慢慢养养精神。我不知道这样做顶用不顶用。可大家都说，到那种空气新鲜的地方，头脑就大不一样了。"

"是不一样啊，你当然可以去。我刚才是开玩笑哩。"

阿米有些难为情，她想真不该逗弄这位善良的丈夫。宗助把那位同事的朋友第二天给他写的帖子揣在怀里，从新桥乘上了火车。

帖子上面写着"释宜道法师"。

"他前些时候一直在寺里看香火，最近那个坐落在塔头[1]里的古庵进行了修缮，听说他就住在那儿。怎么样，你到了之后再问问。庵的名字好像叫一窗庵。"

那位同事的朋友给宗助写这张帖子的时候，曾一再叮嘱他。宗助接过来道了谢。回家的路上，耳畔还不时响着什么"看香火"啦、"塔头"啦这些自己听来十分新鲜的词儿。

进入山门，左右生长着高大的杉树，浓荫蔽日，道路骤然昏暗下来。宗助一接触到这里阴森的空气，立即感到寺院同人世完全是两个天地。他静静地站在庭院的入口处，像患了感冒似的浑身发抖。

宗助一直向里走去，左右前后不时地能看到厅堂院落式的建筑，可就是看不见一个人影。一切都是那么寂静、荒凉。宗助想找个地方打听打听宜道的住所。他站在似乎从未有人走过的道路中央，环视着周围。

这座寺庙坐落在山坡的一片开辟出来的土地上，斜着向上延伸开去，寺庙的后面笼罩着高大蓊郁的树木。道路顺两旁的

1　塔头，禅寺境内的小寺院。

168

山势和丘陵时起时伏，所以极不平坦。在稍微高起的地方，耸立着庭院的大门，下边垒着石阶。宗助穿过两三座这种和寺庙十分相称的大门，发现有几处平地上环绕着围墙。走近一看，门瓦的下面一律悬着匾额，上面标着院号或庵号。

宗助浏览了一两块金箔剥落的旧匾额。他忽然想起，必须先找到一窗庵，打听一下那里是否住着帖子上写明的这位和尚，如果没有，就再向里面边走边问，这样更便当些。他折回来，重新寻找有塔头的地方。原来一窗庵就坐落在一进山门靠右手的高高的石阶之上。这里位于山丘的边缘，阳光充足，面朝着豁然洞开的山门。从越冬的景物来看，这里是后山坳里比较和暖的地方。宗助穿过大门，经厨下进入房内。他走到格子门入口的地方，连连呼喊着"请问、请问"，可是不见一个人出来。宗助在原地站了一会儿，窥伺着里面的情景。隔了好些时候，还是没有一点动静。宗助有些迷惑不解，又从厨下回到门口。这时，他看到一个头皮剃得又光又青的和尚正从下面石阶走上来。他年约二十四五光景，白皙的面孔显得很年轻。宗助等他一进门就问道：

"有位叫宜道的师傅住在这里吗？"

"我就是宜道。"青年和尚答道。

宗助又惊又喜，立即从怀中掏出了那张帖子。宜道站着打开来，当场读了。不一会儿，他把帖子叠好放进信封里。

"欢迎。"他客客气气地行了礼，走在前头为宗助引路。两人来到厨下，脱掉木屐，打开格子门进入室内。房子里有个大地炉。宜道脱掉罩在灰布衣服外面的那件又粗又薄的法衣，挂在钉子上。

"天气挺冷的吧？"他说着就把地炉里深深埋在灰底下的木炭掘了上来。

这和尚谈起话来慢条斯理的，同他的年纪不太相称。他小声回答着宗助的提问，接着便独自微笑了一下。宗助看他很像个女人。这青年究竟是在怎么样的机缘下削发为僧的呢？宗助心里忖度着。看到他那安详的神情，实在叫人有些怜悯。

"这里真安静，今天都不在家吗？"

"不，平时也只有我一个人。遇到有事，我就敞着门出去。刚才正好要去办件事儿，您来了，我不在家，真是太失礼啦。"

此时，宜道再次向这位远道而来的客人表示歉意。宗助想，偌大的庙宇，只靠他一个人看守，真够辛苦的。如今，自己的来访又将给他增添麻烦，觉得过意不去。

"不，不必客气，都是为了道业嘛。"宜道说出了这个颇有诱惑力的词儿。

宜道接着说，眼下除了宗助之外，这里还住着一位居士。这位居士进山已经两年了。两三天后，宗助才见到这个人。他长着一副滑稽可爱的罗汉脸，性情十分乐观。他拎着三四个细长的萝卜，请宜道煮了吃，说是今天特地买来请客的。宜道和宗助也相伴着吃了些。宜道笑着告诉宗助，这位居士脸孔长得像和尚模样，常常杂在众僧之间，到村子里念经化斋。

此外，和尚还讲述了凡人进山修道的种种趣闻。其中有个卖笔和墨的商人，背了一大包货，在这里转悠了二三十天，货快卖完的时候，就回到山寺里参禅来了。等到没有吃的了，再背着笔和墨出外经商。他同时过着两种生活。像循环小数一样，回环往复没有尽头。

宗助把这些人无拘无束的生活，同目前自己的精神境界相对比，这才猛然感到相距甚远。他不明白，这些人是因为无所忧愁才来参禅的呢，还是因为参了禅才变得如此心胸旷达的呢？

"光图轻松不行，要是凭一时兴趣能获得成功，谁还愿意做个行脚僧云游四方，苦修苦行二三十年呢？"宜道说。

宜道似乎对眼前的宗助有些放心不下，他给宗助讲述了参禅的一般知识和老师将要发放的修身案卷[1]。他忠告宗助，对这本修身案卷要昼夜研读，晨昏苦思，以力求彻悟。

"我陪你到住处去吧。"宜道说着站起身来。

他们出了这间设有地炉的房子，横穿过正殿，来到近旁一座六铺席的客厅门前，拉开格子门走进来。这时，宗助才感到自己是来到了遥远的外地。然而，或许是这里的环境太清幽了吧，他的头脑一时适应不了，精神反倒比待在城里时更加不安定了。

约莫过了一个钟头，正殿方向又传来宜道的脚步声。

"老师想同你见见面，如果方便的话就跟我走吧。"他说罢，恭敬地在门槛上拜了拜。

两个人一前一后离开寺院，沿着山门的道路向里走了一段路程，发现左边有一座莲花池。天气寒冷，池水有些混浊，丝毫不能给人一种洁净的感觉。正对面是高高的石崖，一座围着栏杆的客厅一直伸到崖下。客厅里装点着一些文人画[2]，平添了

1　原文作"公案"，禅宗为了启发修行者的彻悟，由祖师制定的修身问答。

2　南画之一，是文人雅士作为"余技"绘制的。多为水墨淡彩，以所谓"超俗"为特征。

不少情趣。

"那里就是老师的住所。"宜道指着那座比较新的建筑说。

两人打莲花池前边走过，登上五六级石阶，仰望着迎面那座大伽蓝的屋顶，向左一拐，来到大门旁边。

"请稍等一下。"宜道说罢，一个人转到后门进去了。过一会儿，他又走出来。

"好吧，请。"宜道陪伴宗助来到老师身旁。

这位老师，看上去五十上下，有一副黝黑而光亮的脸孔，皮肤和筋肉显得紧绷绷的，简直无懈可击。宗助深深感到，他似乎是一尊铜像。只是他那厚厚的嘴唇，看起来有些松弛。然而他的眼睛里却闪耀着一种凡人所没有的光彩。宗助刚一接触他的视线，仿佛觉得黑暗中霍然闪过一道白刃的亮光。

"不论干什么行当，进来都是一样。"老师对宗助说，"你可以考虑考虑，父母未生之前，自己的本来面目是什么。"[1]

宗助对"父母未生之前"这话的意思不大理解，心里琢磨着，大概是说，自己原来究竟属于何物吧。他不敢多问，因为那样显得太缺乏禅门的知识了，于是又默默地跟着宜道回到一窗庵。

吃晚饭时，宜道说，到老师那里进行案卷答辩的时间每天早晚两次；公开讲经的时间在上午举行。

"今晚你暂时不能去，明天一早一晚我再来叫你。"宜道亲切地对他说。接着又提醒他：参禅开始阶段，一直干坐着有点受不了，可以点上香计算时间，时常休息一下。

1　这话的意思是说，在自己的生身父母未出生之前，自己当然不存在。那么，处在那种绝无差别的混沌世界里的人，其本质是怎样的。

宗助捧着香，穿过正殿前面，进入自己那座六铺席的房子，漠然地坐在那里。他感到，那样的修身案卷同自己目前的境况相距太远。好比是，自己正在闹肚子疼，为了治病跑到这里来，孰料却出了一道数学难题让自己思考，还说这就是对症疗法。固然，叫思考也可以，不过总得等治好肚子以后再说呀。

况且，他是特地告假专程来这里的。他对给他写介绍帖子的人，对诸事给予方便的宜道，未曾有过轻率的举动。他决定，自己目前要拿出最大的勇气学好案卷。这种学习究竟要把他引向何处，会给他的精神带来怎样的结果，他自己毫无所知。他被这种悟性的美名所欺骗，试图进行一次同自己平生的性格不相符合的冒险。他抱有一种朦胧的希冀：要是这种冒险获得了成功，说不定能把自己从困惑不安、软弱无力的境遇中拯救出来。

他在冰冷的火盆的炭灰里燃起了细长的线香，遵照宜道的嘱咐，打坐在蒲团上。白天里还好些，太阳一落，房子骤然变冷，宗助坐着，脊背上不时吹来阵阵寒气，实在叫人难以忍受。

他在思考，然而思考的内容，思考的问题的实质，几乎都是难以捉摸的幻景。他一边思考，一边怀疑自己这样做是否太迂阔了。他仿佛觉得，自己比那些临上火场救火之前，还在详细查看地图、仔细寻找街名和地址的人更可笑。他感到自己完全走错了路。

各色各样的事情打他脑子里流过，有的鲜明地印在眼里；有的飘忽模糊，如天上的行云。不知道它们从何处来，又向何处去。只觉得前一个消失了，后一个又立即出现，你来我往，接连不断。无穷无尽的往事，像走马灯一样，从宗助的头脑里经过，宗助即便想命令它们静止下来，最终也发现自己办不到。他思绪滚滚，越是想斩断它，就越是翻腾得厉害。

宗助有些恐惧，他立即眺望着室内，想恢复到平日的自我中去。室内微弱的灯光昏暗地照射着，宗助开始感到这种可怕的时光太长了。

宗助又在思考着什么。忽然，一种有色有形的东西打脑子里闪过，像爬动的蚂蚁，成群结队地出现了。那一动不动的，仅仅是自己的身体。于是心里泛起了一股不堪忍受的难言之痛。

不觉间，那一动不动的身子也开始从膝盖边疼痛起来，本来伸得笔直的脊柱也渐渐向前弯曲了。宗助用两手抱起左边的脚放在地上。他无目的地站在屋子中央。他拉开格子门走到外面，想在门前跑上几圈。夜，静悄悄的，周围似乎没有一个人，不管是睡觉的，还是没有睡觉的。宗助不敢到外面去了。一个人安静地待着，为一种幻想所苦苦折磨，这是最可怕不过的了。

他下决心又燃起一炷香，几乎把刚才的程序又重复了一遍。最后他想，要是思考是为了同一个目的，坐着思考同睡着思考不是一样吗？他把那床叠着的脏被子打开来，铺在屋角上，一头钻了进去。由于刚才太累，他什么也没有去想，很快进入了梦乡。

一觉醒来，枕边的窗子不知什么时候发亮了。不一会儿，白窗纸上开始闪动着曙色。这座山寺，白天不需留人看守，夜里也听不到关门的声音。宗助忽然意识到，他现在不是躺在坂井崖下那间黑暗的房子里。他立即起身来到走廊上。房檐边那棵高大的仙人掌树映入他的眼帘。宗助打正殿佛堂的前边穿过，来到昨天那座设有地炉的茶室。宜道的法衣同昨天一样，照旧挂在钉子上，他本人蹲在厨下的锅台边正在烧火。

"您早，"宜道看到宗助，殷勤地施了一礼。"刚才我去找您，看您睡得正香，便一个人回来了。真对不起。"

宗助听说这位年轻僧人今早天一亮就参完了禅，接着就回来煮饭。一看，他左手频频地添着木柴，右手拿着一本黑皮书正在抽空儿阅读呢。宗助问宜道是什么书，原来是《碧岩集》[1]这么个古怪的名字。宗助想，与其像昨晚那般稀里糊涂地冥思苦索，倒不如将这本书借来看看，或许能得到尽快掌握要领的捷径。宗助把这个想法向宜道一说，宜道马上打消了他的这个念头。

"读书一事极坏，说真的，没有比读书更妨碍修行的事了。像我读的这种《碧岩集》之类的书，超过自己的理解范围就莫知所云。一旦养成了胡乱揣摩的习惯，它就会妨碍你的参禅，妨碍你去感知超我的境界以求得彻悟，从而影响你更充分更深入的探索。鉴于读书有这么多坏处，我劝你还是作罢为妙。如果你一心要读，就看看《禅关策进》[2]这类鼓舞人们的勇气、激励人们前进的书吧。这也只是为了刺激精神，同佛陀之道毫无关系。"

宗助不明白宜道的意思。他站在这位剃成青须须的光头

1　又名《碧岩录》，佛书，凡十卷。宋代佛僧圆悟所著。
2　中国云栖寺僧人袾宏撰，1600年成书，分前后集，是初学参禅的参考书。

的年轻和尚面前，仿佛感到自己是个低能儿。打从京都那时候起，他的自满情绪就已经消磨殆尽了。他生活到今天，是以平凡为本分的。他根本无心追求扬名于世。他只是作为一个实在的人伫立在宜道面前。他不得不承认，眼下的自己是个比平时的自己更加显得无能为力的赤子。这对他来说是个新的发现。这一发现使他更彻底地丧失了自尊心。

宜道熄了灶里的火正在焖饭的当儿，宗助离开厨下，来到院子里的井台边洗脸。这时，他一眼看到面前有一座杂木丛生的小山，平缓缓的山坡上，开辟出了一片菜园。宗助湿漉漉的脑袋裸露在清冽的空气中，他特地走到菜园里。他发现那边的山崖上有个横向开掘的大洞穴。宗助站在山洞前，向黑咕隆咚的洞内望了望。不一会儿，他回到茶室。地炉里的火燃得很旺，铁壶里的水开了，不停地翻滚着。

"没个帮手，实在太迟啦，真过意不去啊，这就请用饭吧。这种地方没有什么好招待，明儿弄点好吃的，再洗个澡什么的。"宜道对他说。宗助怀着感激的心情在地炉旁边坐了下来。

一会儿吃罢饭，宗助回到自己的房间。他又把那个"父母未生之前"的古怪问题，放在脑子里细细琢磨。因为这本来就是个含混不清、没头没脑的问题，所以不管怎么思考都理不出个头绪来。他再也不愿思索下去了。宗助忽然想起，必须把自到达这里以来的消息告诉阿米。他十分庆幸自己依然保有这种凡人意识，于是立即从包中掏出成卷的信纸[1] 和信封，开始给阿米写信。宗助告诉阿米，这地方很幽静，大概是近海的缘

---

1 日本式信笺是卷成筒状的，信写到哪里，就从哪里裁下。

故，比东京暖和得多，空气也很清新；照料自己的和尚很亲切；伙食不好，铺盖也不洁净，等等。不知不觉早已写了三尺多长。写到这里，他只得搁笔。至于学习案卷的苦楚啦，参禅时膝关节疼得受不住啦，成日凝神苦思得了神经衰弱症啦……这些都只字未提。他把信贴上邮票，说要投邮，便急匆匆下了山。他的脑子不时受到"父母未生之前"这个问题，以及阿米和安井等人的折磨。他在村子里兜了几圈儿又回来了。

中午，他会见了宜道提起过的那位居士。那居士伸过碗请宜道盛饭的时候，既无表情也不开口，只是双手合十行个礼，作为信号。据说，这种遇事都很冷静的态度是合乎佛门法规的。缄口不言和不动声色，是来自维护思悟之心免受干扰这一精神的。看到这位居士如此认真，比比昨夜的自己，宗助不由得感到有些惭愧。

饭后，三个人围在地炉边闲聊了一阵子。这时，居士说他一边参禅，一边昏昏大睡起来，也不管天色到了几时。当神志刚刚清醒的时候，他高声叫道："我彻悟啦！"谁知睁开眼睛一看，依然是原来的自己，于是大失所望，惹得宗助发笑。宗助看到参禅的人竟有如此高兴的心情，多少感到一些宽慰。当三个人正要各自走回房间的时候，宜道一本正经地劝宗助说：

"今夜我来叫你，从现在开始请一直坚持坐到晚上。"

于是，宗助产生了一种责任感，他抱着不安的情绪回到自己屋里。他觉得自己仿佛吞进了一个坚硬的团子，停在胃里难以消化。接着，他焚香静坐下来，但他未能坚持到天黑。他想不管怎样，总得预先想好一个答案准备应付老师的提问。最后，宗助实在有些耐不住了，一心巴望宜道快点穿过正殿到这里来通知自己去吃晚饭。

在他感到懊恼和疲惫的时候，太阳西斜了，映在格子门上的日影逐渐远去。寺院里的寒气从地板底下升上来。风从早晨就没有吹动过树梢。宗助来到廊缘边，仰望着高大的飞檐。那黑魆魆的瓦楞排列得整整齐齐，形成一条长长的直线。宁静的天空，闪着清冷的光芒，显得深沉而又辽远。

十九

　　"这里危险。"宜道说罢，沿着黑暗的石阶先走下一步，宗助跟在他的后头。这地方同城市不一样，到夜里很难行走。宜道点上一只提灯，照着脚下的路径。一下石阶，左右两旁高大的树枝便罩在他俩的头顶上，遮蔽了夜空。天很黑，那苍郁的树叶的色调，似乎要渗进两人的衣纹，使得宗助浑身冷飕飕的。在提灯的照射下，这种颜色也能看到一些。也许是心里只想着高大的树木去了吧，这提灯显得十分渺小。灯光照在地面上只有几尺远。灯光照到的地方斑斑驳驳，伴随着两个人的身影向前移动。

　　他们走过莲花池，随后登上左边的石阶。这里对初来乍到的宗助来说，走起夜路来脚下不大爽利。石阶深深嵌在土中，木屐板有两三回被挂住了。莲花池前面本来还有一条近道儿，可那里凹凸不平，宜道怕宗助走起来不方便，所以特地选了这

179

条大路。

一进房门，就看到门内昏黑的地面摆满了木屐。宗助为了不踩在别人的鞋子上，他弓着身悄悄地走了进去。房间约莫有八铺席宽，一侧的墙壁下，并排坐着六七个男的，中间夹着剃光了头、穿黑法衣的僧人，其余大都穿着裙裤。这六七个男的坐得紧紧的，只留下入口和连接里屋的三尺宽的通道。他们个个恭恭敬敬地曲着胳膊，一言不发。宗助朝这帮人的脸上瞥了一眼，这气氛立即使他感受到一种威压。这些人都紧闭着嘴唇，煞有介事地皱着眉头，简直是旁若无人。即便外面有人进来，他们也全然不顾。人人就像活木偶，肃然无声地打坐在没有一丝烟火气的屋子里。宗助除了感受到山寺的严寒之外，又增添了一种庄重的空气。

不一会儿，寂静里响起了脚步声，开始时隐隐可闻，接着逐渐变大，越来越向宗助坐的地方靠近。一个僧人蓦然在廊缘口上出现了。他打宗助身边穿过，默默地向外面的夜幕里走去。不久，院内很远的地方响起了摇铃的声音。

这时，和宗助并排静坐的一个身穿棉布裤的男人，闷声不响地站起身，走到屋角对着走廊的地方落了座。那里有一只两尺高、一尺宽的木框子，里面悬着状如铜锣、但比铜锣要重得多的东西。幽暗的灯光映在上面，颜色黑森森的。穿裙裤的男人，拿起台子上的木槌，照准铜锣般的古钟中央敲了两下，接着站起来，走出廊缘到后院去了。同刚才相反，他的脚步声渐去渐远，听起来十分微弱，最后不知消失在什么地方了。宗助坐在那里，不由得一惊。他想象着，这个穿裙裤的男人，今天莫非发生了什么事情。然而，后院里一直悄然无声，那些同宗助并排而坐的人，脸上依旧不动声色，只有宗助心中在暗暗思索后院发生的事情。忽然，铃声又传进了他的耳朵，与此同时，走廊上又响起脚步声，越来越近。穿裙裤的男人又在廊缘口出现了。他默然地出了房门，消失在霜地里。接着，又有一人站起来去撞那只古钟，然后沿着走廊走到后院去。宗助瞧着这种不声不响轮番交替的情景，他两手搭在膝头，等待着轮到自己的时刻到来。

这回该轮到宗助前边的第二个人了。那人出去了，不一会儿，后院里忽然传来"哇"的一声大叫。这叫声很远，没有强烈地震动宗助的耳膜，但听起来很有威力。这叫声是从那个人的喉咙里发出的，带有他个人的特征。宗助前面的人站起来的时候，他意识到这回终于轮到自己了，一时有些着慌。

为了应付案卷答辩的提问，宗助准备了自己的解答。但这些答案都很肤浅而不可靠。如今，既然要入室应对，总得表明一些见解才行。他只好将那些不能自圆其说的地方修饰一番，使之容易为人所接受，以便临场敷衍过去。他做梦都没有想过，自己这些毫无把握的解答能侥幸过关。当然，他并不想欺骗老师。这时的宗助倒有些认真起来，为了情面，眼下他必须把这种挖空心思编造出来的画饼充饥般的东西，带进去应酬应酬，他为自己内心的空虚而感到羞愧。

宗助同别人一样撞了钟。他明白自己没有权利用木槌来敲击这只古钟。他对自己像猴子一般跟着别人学敲钟的行为十分厌恶。

宗助对自己不学无术感到惶恐不安，他出了房门，来到冰冷的走廊上。走廊很长，右边的屋子一律黑漆漆的。他拐过两个弯儿，看到对面的窗纸亮着灯光。宗助走到门槛边站住了。

走进室内的人要向老师拜上三拜，作为礼仪。拜的方法就像平时行礼一样，把头接近铺席，同时将两手掌心向上翻转，放在两边，如同抱着一件东西渐渐拢向耳际。宗助照例在门槛旁边行了跪拜礼。

"拜一拜就可以啦。"里面有人招呼。宗助省去以下的礼节，进入室内。

屋里点着一盏昏暗的油灯，灯光微弱，就连使用大号字印刷的书箱也无法辨认。凭着以往的经验，宗助很难想象会有人靠着这种幽暗的灯光彻夜工作。这灯光比月光要强一些，而且不像月光那样惨白。然而，它那沉滞的光线却容易将人引入朦胧的境界。

凭借这盏宁静的依稀可辨的灯光，宗助看到距自己四五尺远的对面，坐着宜道所说的那位老师。他的面孔像浇铸的一般纹丝不动，呈现着古铜色。他全身穿着一件又像土黄又像焦褐色的法衣，看不见手和脚，只露出脖子以上的部分。他的神情极为严肃、紧张，但体态却十分安详。他富有诱人的魅力，仿佛永远都不会有什么变化。而且头上没有一根头发。

宗助有气无力地坐在他的面前，嘴里只说了一句话，就再也没词儿了。

"要弄明白了再来啊。"他忽然听到说，"这几句话，只要稍微有点学问，谁都会讲。"

宗助像丧家狗一般退了出来，身后又响起了急剧的铃声。

二十

门外有人连连喊了两声："野中先生，野中先生！"宗助半睡半醒，他本想答应一声，但未等开口早已失去知觉，又昏昏然睡着了。

当再次睁开眼的时候，他一下子跳起来，走到廊缘上一看，宜道的肩上盘着带子，正辛勤地擦洗走廊。他的手冻得通红，一面拧着抹布，一面带着平常那副温和的笑脸，向宗助打着招呼：

"早安！"

宜道今天早晨又特别早早地参完禅，回到庵里劳动来了。宗助虽然被他特地喊了几声，还是未能起来。想到自己如此懒散，宗助心里实在难过。

"今天我又忘了早起，真是太失礼啦！"

宗助悄悄地穿过厨房门口到井台边去了。他打来井水，很快地洗完脸。胡子已经长到了腮边，摸上去扎扎拉拉的有点刺手。眼下，宗助也顾不得这些了，他只是一味地把自己同宜道对照起来思考着。

宗助在东京拿到介绍帖子时听说，宜道这和尚性情温厚，现在也修行得差不多了。等到一见面，才看到他做事勤快，简直像个目不识丁的小厮。从他那副认真劳作的模样来看，他根本不像庵里的主人，却像个香公和小沙弥。

听说这个矮小的年轻僧人，出家前只是个普通的凡人。他到这里来修行的时候，一连跌坐了七天没有动弹一下。最后脚疼了，腰也挺不直，上厕所时只得挨着墙向前挪动身子。那时候，他还是个雕刻家。每当有什么彻悟的时候，过于高兴便跑上后山，大声喊叫："草木国土悉皆成佛！"[1] 后来就剃度当了和尚。

他掌管这座佛寺已经两年了，据说至今都没有正式铺过床，舒舒服服睡过一觉。冬天，他只是和衣坐在椅子上假寐。当香公那阵子，连老师的裤衩都由他来洗。他要是偷闲坐上一会儿，就会有人故意在后边给他捣乱，说闲话。他自己也时常后悔为什么要削发为僧。

"现在自在得多啦，不过还要努力。修行实际上很苦，要是都那么容易，就算我们都是傻瓜，也不至于受这一二十年苦啊！"

宗助一阵惆怅起来，他想，自己的耐性和精力都不够，不经过漫长的岁月就无法获得成功。果真如此，他当初为啥要跑

1　这句话的意思是说，一切有情之物都可以成佛。

到这山里来呢？这是他思想上的一大矛盾。

"绝不会吃亏的。不用说，坐十分禅获十分功，坐二十分禅就获二十分德。如果一开始就能很好地坚持下去，到头来就不必时时向这里跑了。"

宗助出于人情，又不得不回到自己屋里继续苦坐。这时宜道走来，邀请宗助：

"野中先生，老师开讲啦！"

宗助打心眼里感到高兴。他为那些不着边际的难题所苦恼，觉得坐在那里十分烦闷。这时，他正想活动活动身子，哪怕干点力气活儿也好。

讲经堂距离一窗庵约有一百多米远。从莲花池前边过去，不必向左拐，一直向前走到底，就能从松树的枝叶间望见那威严耸峙的高大的屋脊。宜道怀里揣着那本黑色封面的书，宗助当然是两手空空。他到了这里才知道，所谓讲经，在学校里就是上课的意思。

室内非常宽敞，同那高高的天花板十分相合，里头很冷。铺席也变了颜色，和古老的柱子互相映衬，显得很古雅，仿佛在向人们诉说它们的过去。坐在那里的人看起来十分朴实。每个人各占一个座位，既没有人高声说话，也没有人狂笑。僧人一律穿着蓝色的麻布法衣，顺着正面的太师椅子，左右两边排成队，相向而坐。那椅子漆成了朱红色。

不一会儿，老师来了。宗助本来一直瞧着铺席，他一点也没有注意到这位老师是打哪里经过，从什么地方到这里来的。他只是望着老师那坐在太师椅上的稳重的神态自若的身姿。他看到一个青年和尚走过去解开紫纱巾，拿出书来，恭恭敬敬地摊在老师面前的桌子上。他还看到那和尚行过礼又退了下来。

这时候，堂上的僧人一齐合掌，开始朗诵梦窗国师[1]的遗训。那些各自散坐在宗助前前后后的居士们，也和大家一起读起来。听起来，既像诵经，又像寻常说话，那词很有节奏。

"我有三等弟子：毅然舍弃种种世俗之缘而专心究明己之要事者，名为上等；修业不纯，好驳杂之学，则为中等；……"这是一段不太长的文字。宗助起初不知道梦窗国师是何许人也。宜道告诉他，这位梦窗国师和大灯国师[2]都是禅门中兴之祖。宜道还向他讲述了大灯国师的故事：他因跛足不能趺坐而抱恨终生。临死时立志要实现自己的夙愿，硬是把病腿折转过来跏趺而坐，以致血流不止，染红了法衣。……

不一会儿开始讲经了。宜道从怀里掏出那本书，打开书页往宗助面前放了放。这书名叫《宗门无尽灯论》。一开始听讲的时候，宜道就告诉宗助："这是一本好书。"据他说，这是白隐和尚[3]的弟子东岭和尚[4]所编纂，重点讲解参禅之事。由浅入深，脉络分明，而且伴有心境的变化，写得井然有序。

宗助是半道上插进来的，他默默地静听，虽然有些地方不甚明白，可是讲经人善辩的口才，使他感到十分有趣。也许是为了鼓舞参禅者的勇气吧，老师结合古往今来献身此道的人们的痛苦经历，做了精彩的讲演。这一天，照例如此。

"有的人诉苦说，这时候来参禅，老是胡思乱想安不下

1　梦窗国师（1276—1351），名疏石，临济宗高僧。

2　大灯国师（1282—1337），名妙超，字宗峰，临济宗大德寺派的开山祖师。

3　白隐和尚（1685—1768），俗姓杉山，临济宗高僧。

4　东岭和尚（1721—1792），俗姓中村，名丹慈。著述颇多，除上述《宗门无尽灯论》之外，尚有《达摩多罗禅经说通考疏》六卷等。

心来。"

老师讲到一个地方，突然改变了语调，对不热心听讲的人提出警告。宗助不由得心中一震，老师所指的有的人正是他。

一小时过后，宜道和宗助又联袂回到了一窗庵。路上，宜道说：

"老师在讲经的时候，经常提醒那些不用心参禅的人。"

宗助没有说什么。

二十一

　　山中的日子一天天过去了。阿米写来过两封长信。然而这两封信都没有什么令人不安的事儿搅乱宗助的心绪。宗助呢，也不像平时那般思念妻子，他一直懒得回信。他想，在离开山寺之前，总得使自己的问题有个了结，否则跑到这里来有什么用呢？再说也对不起宜道。他一睁开眼来，就感到由此产生的难以名状的压抑感。一个个黄昏和黎明过去了，他在寺里每当看到太阳东升西沉，心里就十分焦急，仿佛身后被什么追逐似的。但是，除了原定方案之外，他再也没有别的办法进一步接近这个问题了。他左思右想，还是相信最初的办法更为可靠。不过，这是由道理上推断出来的，所以，他心里总是不满足。宗助想放弃这个实在的办法，去追求更可信赖的路子，然而始终未能如愿。

　　他在自己的房里独自思忖，累了就走出厨房到后面的菜园子里去，然后钻进崖下那个洞穴里，好大一会儿木然不动。宜道说了，心太散不行，要逐渐学会凝神静思，最后变得像一根铁柱子一般。这话听起来容易，可实行起来困难得多。

"头脑里有了另外的主意，这不行啊。"宜道又对他说。

宗助越发困窘了，他忽然想到了安井。如果安井经常来往于坂井家里，那他大概不再回满洲了。这样一来，自己还是趁早退掉房子，搬到别处去住为妙。与其在这里磨蹭，不如赶快回东京处置一番更实际些。这样拖延下去，要是给阿米知道了又要增添不少麻烦。

"像我这种人是永远不能彻悟的。"他主意一定，就抓住宜道诉说道。这是他回家两三天之前的事。

"不，只要有信念，谁都能达到彻悟。"宜道毫不迟疑地回答，"法华宗之奥秘，如同梦中击鼓，当你从头到脚全部用修身案卷的内容充实起来的时候，面前就会豁然出现新的天地。"

宗助感到自己的境遇和性格都不适应盲目而猛烈的活动，他为此而深深伤悲。况且，自己待在山中的日子是有限的。他觉得自己原来是个蠢物，为了直截了当斩断生活的羁绊，竟然迷迷糊糊地闯到山里来了。

他心中虽然这样想，可是没有勇气当着宜道的面说出来。对于这位年轻僧人的勇气和热情，待人亲切的态度，宗助由衷地表示敬意。

"有这样一句话：'道在迩而求诸远。[1]'有些事就在人们的鼻子尖上，可总是引不起注意。"宜道不无遗憾地说。宗助回

---

1 《孟子·离娄篇》上的话，意思告诫人们要努力从周围事物中寻求真理，不要好高骛远。

到自己屋里点燃了线香。

不幸的是，这种状态持续到宗助出山那天，一直未出现什么明显的新的局面。宗助临行那一天早晨，果断地抛掉了对这里的眷恋。

"谢谢您长期的照顾，实在对不起。也许今后很难再见面了，请多多保重。"宗助向宜道辞行。

"说不上什么照顾，万事不周，让您受委屈啦。参禅的时间尽管短促，可同原先大不一样了，您没有白来一趟啊。"宜道显得有些过意不去。

宗助心里自然明白，这次进山本来就是为了消磨时间的。宜道这样为自己打圆场，说明自己太不争气了。他内心里很惭愧。

"悟性的早迟完全因人的性格而异，单凭这一点不能分优劣。有的人入门容易，后来便滞塞不前；有的人起初久久不得要领，坚持下去就能融会贯通。任何人都绝不会失望，关键在于热心。已故的洪川和尚[1]，本来崇尚儒教，中年为僧，修行三年，一窍不通。尝叹道：'佛道深奥，我终不得领悟。'他每天早晨面厕而拜，最后成为学识渊博的人。这就是最好的例子。"

宜道说了这一段话，他似乎在暗暗提醒宗助：回到东京以后，也不要把这里全然忘却。宗助对宜道的话洗耳恭听，但肚子里想，大事已经完成一半了。他来到门口喊人开门，可是看门的人站在门那边，不管他怎么敲也不肯露面。

"敲也没用，自己打开走进来！"只听到有个声音这样说。

1　洪川和尚（1816—1892），姓今北，初师事藤泽东畡，攻儒学，十九岁出家，著有《苍龙广录》等。

宗助在考虑如何才能把门闩弄开。他脑子里已经明白地想好了开门的手段和办法，然而他却没有力量使用这种手段和办法把门打开。因此，他自己现在所处的地位同尚未考虑这些问题的往昔毫无两样。他依然无能为力地被锁在门外。他平生是靠自己的判别能力而生活的。如今这种判别能力却跟自己作对了，这使他很懊丧。他钦慕那种从来不加取舍、毫无商量余地的愚昧而顽固的信念，或者说，将那些善男信女排除智慧、不假思索的痴迷态度，尊为崇高的表现。宗助自己好像生来就命中注定要长期守在门外，这是无可奈何的。然而，既然此门不通，又为何偏要走到它的旁边呢？这不是自相矛盾吗？他回顾一下身后，始终没有勇气顺原路走回去。他眺望前方，前方铁门紧闭，永远遮挡着他的视线。他不是一个能走进这门的人，他也不是一个不进门可以安心的人。总之，他是一个伫立门下等待日落的不幸的人。

出发之前，宗助曾和宜道结伴到老师身边告了假。老师把他俩带到莲花池上一座围有栅栏的客厅里。宜道主动走到里间端出茶来。

"东京还很冷吧？"老师说，"要是多待些时候，学出点名堂再回去该多好。真叫人遗憾。"

听了老师的话，宗助恭敬地行了礼，又跨出十天前曾经走过的那座山门。他身后耸立着高大的杉树，黑森森的树影压在寺院的脊瓦上，显现出一派隆冬的景色。

二十二

宗助跨进自家的门槛，他连自己都觉得模样儿太寒碜了。十天来，他每天清晨都用冷水抹抹头发，从未摸过梳子。胡子也没有时间刮一刮。一天三餐，吃的是宜道特别为他煮的白米饭，可副食呢，要么是炖青菜，再不然就是焖萝卜。他的脸色变得白皙了，比出门前显得有些憔悴。此外，他在一窗庵养成的勤于思索的习惯，现在还没有完全丢掉。他的心情仍然像母鸡抱窝一般，思虑重重，头脑也不像平时那样运用自如了。他一直记挂着坂井家的事。不，更使宗助坐立不安的是坂井所说的那位冒险家的弟弟，以及弟弟的朋友安井。然而，他没有勇气亲自跑到房东家里问个究竟，更不能间接地向阿米打听。就是待在山里的日子，他每天也都在担心，巴望阿米最好对这件事一无所闻。

"乘火车虽说路程不远，也许由于心情的关系，倒也挺累的。怎么样，我不在家，有什么事情吗？"宗助在长年坐惯了的客厅里坐下来问。可不是嘛，他乘了一段短途火车，面色却显得十分疲倦。

阿米这回没有像平时那样，不管什么场合，总忘不了在丈夫面前露出她那副笑脸。但是，她也不忍心明白地告诉刚刚从休养地归来的丈夫，他的健康状况比在家的时候更坏了。

"不管怎么保养，回家来总要累一些。不过，你也太邋遢了。求求你，快快休息一下，洗个澡，剃个头，刮刮胡子吧。"阿米故意带着快活的口气说。她还特地从抽屉里找出一面小镜子，让丈夫照一照。

听了阿米一席话，这才感到一窗庵的空气一阵风儿全吹散了。宗助一旦出山回到家里，他仍然是从前的那个宗助。

"坂井先生打从那以后没有再来说什么吗？"

"嗯，什么也没有说。"

"小六的事呢？"

"也没有提。"

那位小六到图书馆去了，不在家。宗助拿着手巾和肥皂走出了大门。

第二天到机关上班的时候，大家问宗助病好了没有，其中有的人还说他瘦了。在宗助听来，同僚的这些话都是无意识地发出的冷言冷语。那位读过《菜根谭》的人只问了他一句话："一切都如意吧？"宗助听了十分伤感。

当晚，阿米和小六缠着宗助，你一言我一语，两人一个劲儿追问镰仓的情况。

"要是不留什么人看门，能够自由自在地出去该多好。"阿米说道。

“那么，你一天要给人家多少钱？”小六问，“扛着枪打打猎，真是太有意思啦。”

“这么下去多闷人，你总不能从早睡到晚呀。”阿米又说。

“总得找个地方能吃点滋补品才好，否则还是对身体不利啊。”小六又接着说。

入夜，宗助躺在被窝里思忖着，他终于拿定了主意：明天咬咬牙到坂井家去一趟，从侧面问清楚安井的消息。如果他还在东京，并且经常同坂井有来往，自己趁早迁走，远远地离开这里。

第二天，太阳依旧像寻常一样照在宗助的脑门上，然后又平安无事地落到西方。

晚上，他说了句“到坂井先生那里去一趟就来”，然后走出大门。他登上没有月光的斜坡，被煤气灯照亮的碎石子，在脚下不断地发出响声。他打开边门，心里又犯起了嘀咕：今晚会不会碰上安井呢？于是，他特意绕到厨房门口，想先打听一下家里有没有客人。

“欢迎欢迎，天气还是这么冷啊。”房东像寻常一样红光满面地打着招呼。宗助看到房东面前有一群孩子，他正在同中间的一个一边谈话，一边猜拳。那个女孩子看来只有六岁光景，头上扎着红色的蝴蝶结，以不甘示弱的姿态，握起小手迅速向房东伸出来。她那果断的神情和那紧握小手同房东偌大的拳头两相对比的样子，惹得大家哄堂大笑。

“看，这回雪子胜啦。”坐在火盆旁一直看热闹的夫人，露出洁白的牙齿，愉快地说道。孩子的膝盖旁边堆着许多红白蓝各种颜色的玻璃球。

"到底输给雪子啦。"房东转过身向宗助说，"怎么样？还是到我的那个'洞穴'里去吧。"说完站了起来。

书斋的柱子上依旧挂着那把锦囊蒙古刀。花瓶里插着盛开的蜡黄的菜花，不知是从什么地方采摘的。

"仍然挂着它呢。"宗助打量着那只吊在壁龛柱子中间的华丽的五彩锦囊，仔细注视着房东的神色。

"嗯，这把蒙古刀太招人喜爱啦。"房东回答，"可舍弟拿这玩意来是想笼络我这个哥哥的。这可叫我怎么办呀？"

"令弟后来到哪儿去了？"宗助若无其事地问。

"四五天前就回去了，确实是到蒙古去了。我说'像你这样的夷狄之人，不适合待在东京，快点回去吧'，他说'我也这样想'，于是就回去了。不管怎么说，他是属于万里长城那一边的人。他可以到戈壁和大沙漠中寻找金刚石去。"

"还有一个伙伴呢？"

"你说安井吗？当然跟他一道走了。看来那个人有些浮躁。听说他本来在京都大学读书，后来怎么变成这个样子了呢？"

宗助打胳肢窝里往外冒汗。安井有什么变化，他究竟如何浮躁，宗助根本不打算询问这些。他很庆幸，自己没有向房东泄露过他和安井在同一所大学里读过书。房东本来打算在请自己的弟弟和安井吃晚饭的时候，把宗助介绍给他们两个的。宗助没有出席，避免了一场难堪的局面。然而，谁能保证那天晚上，房东没有利用别的时机向两位客人提到过宗助的名字呢？宗助这时痛切地感到，一个负疚之人活在世上，改名换姓要方便得多。他多么想问一问房东："你在安井面前有没有提及过我的名字？"然而，他无论如何也张不开口。

女佣用一只椭圆形的大号果盘，盛了一盘十分别致的点心端了上来：一块豆腐大小的金玉糖[1]雕成的两条玲珑剔透的金鱼，上面还保留着一道一道的刀痕。这是预先做成完好地装在盘子里的。宗助一看就感到新奇，不过，他的注意力仍然集中在别的事情上。

"来一块儿尝尝吧。"房东习惯地先伸出自己的手。

"这个呀，是我昨天参加一个朋友的银婚[2]典礼时主人送的，是一件吉祥的礼物，现在用来祝福你万事如意。"

房东借着"祝福"的名义，夹起几片甜美可口的金玉糖大嚼起来。这位贵人身体强壮，爱喝酒，好饮茶，不管什么饭菜和点心，他都能填个饱。

"说实在的，做了二三十年的夫妻，都满脸皱纹了，也没有什么值得庆贺的。不过事物总得有个比较。有一天，我打清水谷公园前边走过，有一件事很使我吃惊。"

房东又把话题扯到离奇的方面去了。他就是这样，天南海北说个没完，让你听不厌。这就是善于交际的房东天生的性格。

据坂井说，从清水谷通往弁庆桥的像水沟一样的细流里，一到春天就生出好多青蛙。这些青蛙在成长的过程里鸣声相邀，交配繁衍，这条水沟便成了千万对情侣谈情说爱的场所。这些陶醉在爱情里的青蛙尚未结合的时候，就形影不离，搭伴从清水谷漂向弁庆桥。过路的顽童和闲汉一看到它们就扔石

---

1 在琼胶里拌上砂糖煮成的透明糖果。
2 结婚二十五周年纪念。

头，活活地把青蛙夫妇打死，听说这样致死的青蛙不计其数。

"可谓尸骨累累啊！它们都是夫妇，实在太可怜啦！你要是在那儿走上两三条街，真不知道要看见多少这样的悲剧哩。想想这个，你我确实是幸福的。首先不会有青蛙那种危险，即成了夫妻便遭人嫉恨，被石头击穿脑袋。两个人平平安安过上二十年三十年，这就很值得庆贺。所以说，我也很有必要祝福你万事如意。"房东说着，就用筷子夹过一块金玉糖放在宗助眼前。宗助苦笑着接受了。

房东一边开着玩笑，一边滔滔不绝地说个没完，宗助只好陪着听下去，可心里却不像房东那样优哉游哉。他辞别房东走到门外，仰望着没有月光的天空。在这深广的夜幕里，宗助感到一种无名的悲哀和凄凉。

宗助是抱着祈求宽容的心情到坂井家去的。为了达到这个目的，他忍受耻辱和不快，面对充满好意的直率的房东，进行了颇有策略的交谈。他想知道的事情并没有全部得知，鉴于自己的弱点，他认为，自己没有勇气也没有必要向房东坦露一句心里话。

就这样，笼罩在他上空的阴云，尚未触到他的头顶就一掠而过了。但是，宗助仿佛预感到由此而产生的不安，今后将以各种形式反复来侵扰他。制造这种不安的是上天，而力求逃避这种不安的则全靠宗助自己了。

二十三

　　一个月过去了，寒冷的天气暖和多了。机关里要给官员增加工资，随之而来的是裁减一部分人。于是，多数早有风闻的局员、科员被淘汰了。到了月底，裁员工作基本结束。这期间，宗助不断地听到一些熟人和不相识的人被解雇了。他回到家经常对阿米说："下次说不定该轮到我啦。"阿米当他是开玩笑，又觉得是真情实话。有时她又认为这是宗助为了召唤藏在心底里的未来，故意说出的不吉利的话。宗助嘴里说着这种话，内心里也和阿米一样，不时飘来一团团阴云。

　　新的一月到来了，机关里动荡的局面总算告一段落。宗助没有被解雇，他回顾自己残留下来的命运，有时觉得这是自然的事，可忽而又觉得十分偶然。他站立着，俯视着阿米，艰难地说："这下子可好啦！"看到他那不知是忧还是喜的脸色，阿米简直不明白他是打哪里来的这副滑稽相。

又过了两三天，宗助的月薪提高了五日元。

"按原则规定，即使不给增加两成五也只得认了。因为被解雇的人，有好多是拿原额工资的。"

宗助拿着这五日元，满面春风地回到家里，好像这张钞票的价值超过了自己。当然，更看不出阿米内心有什么不满足的地方了。

第二天晚上，宗助看到自己的饭盘里放着一条整鱼，鱼尾翘到盘子外边。紫红的小豆米饭香喷喷的。阿米打发阿清特地把移居到坂井家的小六招呼来了。

"啊，请客呀。"小六说着从厨房闯进来。

稀稀落落的梅花映入人们的眼帘。早开的已经褪去了颜色，逐渐飘零下来。细雨像轻烟一般地下着。赶到天晴，经阳光一蒸，地面、屋顶就腾起迷茫的水雾，唤醒人们对春天的回忆。春天也会有这样的日子：在那轻烟如织的天气，厨房门口晒着雨伞，小狗在嬉闹，蛇的眼睛闪着明亮的光芒。这一切都显得那么悠闲、自在。

"冬天过去了，这个礼拜六你到佐伯婶母家去一趟，把小六兄弟的事定下来。这样一直搁着不办，阿安说不定又要忘记的。"阿米催促道。

"嗯，我是要去的。"宗助回答。

由于坂井的好意安排，小六到他家做学生去了。宗助曾对小六说过，要是安之助愿意和他两个平均分摊小六生活费的不足部分就好了。小六没有等哥哥去做工作，就直接同安之助商谈了。安之助也明确地表了态。说只要宗助在形式上向他提出来，他立刻照办。

小康生活从此便降临到这一对洁身自好的夫妇的身上了。一个星期天的中午，宗助到横街的一家澡堂去洗澡。他好久没有来了，这次是为了清洗一下积了四天的污垢。他在那里听到一个五十上下的光头男人和一个二十几岁的年轻商人在闲聊天。两人谈论着节气变化。说时令已经到春天了。年轻人说，今天早晨第一次听见黄莺儿叫。光头男人应道，他两三天前就听到过。

　　"因为刚刚张口，声音不怎么好听。"

　　"是啊，舌头还不太灵活嘛。"

　　宗助回到家里，把自己听到的这两个人关于黄莺的对话讲给阿米听。

　　"太好啦，终于盼来春天啦！"阿米透过格子门上的玻璃，仰望着光辉灿烂的太阳，眉心里流露着喜悦之情。

　　宗助来到廊缘上，手里拿着一把剪刀在修剪长了很长的指甲。

　　"嗯，不过冬天很快就会到来的啊！"他应和着，目光冲着下面，不停地揿动着剪刀。

译后记

　　夏目漱石是日本近代优秀的批判现实主义作家。他原名夏目金之助，1867 年生于江户（今日本东京）的一个仕宦家庭，少年时代受过汉学教育，二十七岁时，以优异的成绩毕业于当时的东京帝国大学英文系。后来，转到地方中学当教员，在大学同学、著名诗人正冈子规的影响之下，开始写作俳句，成就斐然，为他以后的文学活动，奠定了坚实的基础。

　　1900 年，夏目漱石官费留学英国，在伦敦住了三年，目睹了"大英帝国"日趋没落的社会现实，促使他对祖国的命运更加关切。1903 年，他回国后，在东京第一高等学校及帝国大学任教，对明治时代日本教育界的虚伪与冷酷，有了更深一步的认识，孕育了"漱石文学"对日本近代社会强烈的批判精神。

　　1905 年，夏目漱石发表了他的第一部讽刺小说《我是猫》，用幽默而辛辣的笔触，揭露了丑恶的社会现实，倾吐了作家郁积日久的不满和愤恨。以《我是猫》为起点，夏目漱石正式走上了文学创作的道路，凭着冷静的头脑和犀利的笔触，向日本当权者勇猛地开战，为日本近代文学建立了不朽的功绩。夏目漱石卒于1916年，虽然只活了五十岁，但他在生前就获得了极高的声誉。天皇政府曾经打算授予他博士的学位，遭到他毅然的拒绝，表现了一个正直的作家的高尚品格。夏目漱石在短暂的文学生涯中，写下了《我是猫》《哥儿》《草枕》《三四郎》《从此以后》《门》《心》《明暗》等数十部颇具特色的作品，为日本文学增添了光彩。至今，"漱石文学"仍然以它深厚的思想性和高妙的艺术性，在世界文学史上占有一席重要的地位，受到各国读者的广泛欢迎。

《三四郎》（1908）、《从此以后》（1909）、《门》（1910），是夏目漱石中期创作的小说，通称"前三部曲"。这三部作品的主人公及故事情节虽然各不相同，但在主题思想上却有着内在的联系。小说《三四郎》描写青年主人公小川三四郎，由故乡熊本高中毕业后考入东京帝国大学，在同学校和社会上各方面人士交往的过程中，他对一切都感到新鲜，相比之下，自己过去的乡间生活显得多么闭塞而又贫乏。在大学里，三四郎遇到了同乡野野宫宗八。他是个知名的物理学家，每天钻在地窖里埋头于科学研究，对交友和恋爱都不感兴趣。三四郎的同窗佐佐木与次郎，是个热爱文学、精力充沛的青年，但又不免流于肤浅。他还结识了少女美祢子，生活中充满了绮丽的幻想，他爱慕她，却又不敢对爱情采取积极的态度。美祢子是个富有教养的新型女性，她天真热情，具有独立的判断事物的能力。但她又看不起平民出身的三四郎，终于同一个上流社会的男人结了婚。作品还塑造了自由主义者广田先生的形象，他清高自诩，卓尔不群，对待人生和社会始终抱以高蹈的批判目光。从广田先生这个人物身上，读者可以窥见作家本人的影子。《三四郎》这部小说，反映了日俄战争后，日本经济大发展时期，知识分子相对稳定的生活，以及他们在步入冷酷的社会现实之前那种犹豫不决的精神状态。

《从此以后》的主人公长井代助是一个无职业的"高等游民"，他头脑聪敏，对现实社会抱有清醒的认识。他认为在那样的社会里，职业只会使人堕落。他的朋友平冈本是个具有理想的实干家，但在现实面前累遭厄运，生活困顿，精神上一蹶不振。平冈的妻子三千代，婚前原是代助的女友，代助看到平冈很爱她，便成全了他们。三年之后，代助发现自己的这一行为并未能给三千代带来什么幸福，便毅然拒绝了父兄通过金钱关系为他包办的婚姻，下决心与三千代一起共同创立新的生活。如果说《三四郎》中的广田先生对社会的批判只停留在一般的议论和冷眼旁观的立场上，那么，到了《从此以后》，作者便让自己的人物置身于社会生活的激流之中，使得这种批判更深入、更直接了。在这部作品里，作者通过主人公长井代助之口，对世态的冷酷、道德的沦丧、精神的堕落，给予有力的控诉，无情地嘲笑了统治阶级被幸德秋水等进步人士的革命活动吓破了胆的虚弱本质，成功地塑造了一个勇于向封建道德习俗挑战、勇于探索未来的觉醒了的知识分子形象，具有一定的典型意义。

继《从此以后》之后，夏目漱石于1910年创作了"前三部曲"的最后一部作品《门》，反映了作家精神上的苦闷与动摇。这部小说描写野中宗助和阿米夫妇惨淡的人生际遇，充满了悲凉和绝望的气氛。这一方面固然由于当时发生了"大逆事件"，给作家的创作造成了沉重的压力；另一方面也说明作家一旦放弃冷眼旁观的立场，试图正视黑暗的社会现实时，又不免流露出无能为力的消极情绪。

陈德文

图书在版编目(CIP)数据

门/(日)夏目漱石著;陈德文译.—桂林:广西师范
大学出版社,2020.7
ISBN 978-7-5598-2907-8

Ⅰ.①门… Ⅱ.①夏… ②陈… Ⅲ.①长篇小说-日
本-近代 Ⅳ.①I313.44

中国版本图书馆 CIP 数据核字(2020)第 094436 号

出 品 人:刘广汉
责任编辑:刘 玮
助理编辑:陶阿晴
装帧设计:李婷婷
广西师范大学出版社出版发行

(广西桂林市五里店路9号   邮政编码:541004)
(网址:http://www.bbtpress.com)
出版人:黄轩庄
全国新华书店经销
销售热线:021-65200318 021-31260822-898
山东韵杰文化科技有限公司印刷
(山东省淄博市桓台县桓台人道西首   邮政编码:256401)
开本:890mm×1240mm   1/32
印张:6.5   字数:138 千字
2020 年 7 月第 1 版   2020 年 7 月第 1 次印刷
定价:42.00 元